LES CHEVALIERS DU ROI ARTHUR

L'auteur

Odile Weulersse est diplômée de l'IEP de Paris, agrégée de philosophie et maître de conférences de cinéma à la Sorbonne. Elle aime se promener à travers l'Histoire et faire revivre, dans de passionnantes aventures, les anciennes civilisations. Elle est l'auteur d'ouvrages à grand succès : *Les pilleurs de sarcophages* (1984 LdP Jeunesse), *Le messager d'Athènes* (1985 LdP Jeunesse)…

Du même auteur :

Le chien du roi Arthur
Les chevaliers du roi Arthur

Les aventures de Mina et Alphonse :
L'oasis enchantée
La momie bavarde
Le druide étourdi

L'or blanc de Louis XIV
La poudre d'amour de Louis XIV

Odile WEULERSSE

Les chevaliers du roi Arthur

POCKET JEUNESSE
PKJ·

Collection « Les romans des légendes »

Ouvrage publié sous la direction
de Claude AZIZA et d'Annie COLLOGNAT

À Joséphine

Les textes de cet ouvrage s'inspirent des romans de Chrétien de Troyes, du volumineux *Lancelot du Lac* (anonyme), et de *La mort du roi Arthur* (anonyme).

Loi n° 49-956 du 16 juillet 1949 sur les publications
destinées à la jeunesse : janvier 2005.

ISBN 978-2-266-14670-8

Dépôt légal : janvier 2005

1

Rencontre dans la forêt de Brocéliande

Un bûcheron mal rasé, habillé d'une veste de toile marron et d'un pantalon à moitié déchiré, relève les hauts genêts qui lui font la révérence.

— Cessez de vous incliner devant moi, leur ordonne-t-il, vous abîmez vos fleurs jaunes. Je suis pressé de rencontrer celle que je vais aimer d'une passion déraisonnable.

Mais les genêts de la forêt de Brocéliande frémissent de rire en l'entendant et s'inclinent de plus belle. Merlin se fâche :

— Arrêtez, sinon je vais recourir à des procédés magiques.

Les arbustes grommellent de mécontentement et joignent leurs extrémités pour faire un tunnel de verdure.

Merlin hâte le pas jusqu'à une clairière entourée de hêtres aux multiples branches tourmentées.

« Où se cache-t-elle ? Déjà elle n'en fait qu'à sa tête », songe-t-il.

Enfin un hennissement retentit non loin de là, et aussitôt Merlin se transforme en jeune homme aux cheveux bruns, les cheveux taillés sous l'oreille, vêtu d'une longue robe violette serrée à la taille par une ceinture de nacre. Son regard gai et bon balaie la clairière lorsque arrive la jeune cavalière. Elle porte une longue robe couleur safran, deux tresses couleur du temps, vert tendre en cette saison, des yeux gris dominateurs, des mains plus blanches que la neige, des doigts minces et longs.

« Dire que je vais l'aimer à la folie et qu'elle ne me connaît pas encore, songe Merlin. Je n'ai jamais vu une fille aussi belle. »

La demoiselle se tourne vers le jeune homme.

— Bienvenue dans la forêt, dit-elle. Je me suis égarée. Connais-tu le chemin pour se rendre à l'Étang de lune ?

— Je te salue, Viviane. Il sera où tu le désires.

Merlin a une voix grave et chaude qui réjouit le cœur. La jeune fille demande en riant :

— Je veux cet étang, ici, tout de suite.

Aussitôt, devant la clairière, s'étend une étendue d'eau dont les reflets ont l'éclat des épées sortant de leur fourreau.

Viviane, de surprise et d'admiration s'exclame :

— Tu es un enchanteur !

— Merlin de mon prénom.

La jeune fille rit :

— Merlin l'Enchanteur ! Quel bonheur de te rencontrer ! Est-il vrai que tu es né poilu comme un diable !

— Tu es bien curieuse.

Viviane prend un air modeste.

— C'est qu'une fée ne sait pas grand-chose, comparée à un enchanteur.

— Il est vrai qu'un diable est mon père.

— Déjà je ressens une grande tendresse pour toi, dit-elle en battant des cils. Fais-moi plaisir : pose une barque sur cet étang pour que nous fassions ensemble une promenade. Tu m'apprendras quelques enchantements.

« Je dois me méfier de sa curiosité, songe Merlin. Sinon elle en profitera et ne me laissera pas le temps d'accomplir mon œuvre. »

Et à voix haute, il répond :

— Je suis pressé. On m'attend.

Viviane paraît fort contrariée :

— Tu me quittes déjà ! Pour qui ?

— Pour un bébé.

— Quel bébé ? De qui est-il ? Où vit-il ?

— Tu es trop impatiente !

Viviane prend un air tendre.

— Confie-moi cet enfant. J'aimerais éduquer un garçon pour en faire le meilleur chevalier du monde.

— Plus tard, plus tard. Celui-là n'est pas pour toi. Je dois partir immédiatement. À bientôt.

Merlin se dissipe dans l'air sous les yeux déçus de Viviane. L'étang disparaît en même temps, et les feuilles printanières des hêtres s'agitent sous l'effet d'un courant d'air.

— Ce n'était pas un véritable lac ! s'exclame la jeune fée. Quelle insolence de m'abandonner et de me laisser seule dans cette forêt ! Mais je saurai l'amadouer, lui arracher quelques secrets pour qu'il ne puisse plus partir avec cette désinvolture.

Merlin quitte la Petite Bretagne pour rejoindre la Grande Bretagne. Sous la forme d'un aigle il traverse le bras de mer qui les sépare jusqu'au château de Tintagel, dont les hauts murs sont frappés par les vagues. Merlin prend son apparence favorite : une longue barbe blanche, des cheveux de même couleur, et une grande robe grise retombant sur ses pieds. Il pénètre dans une chambre, au sol couvert de primevères. Dans un large lit, la duchesse de Tintagel, magnifiquement belle avec ses longs cheveux dorés sur la soie rouge de l'oreiller, a les yeux clos. Dans ses bras dort un bébé.

« Je vais lui faire de la peine, songe Merlin, mais il le faut. Sinon, il n'y aura pas de joie dans le royaume de Bretagne. »

— Duchesse, murmure-t-il, je viens prendre votre fils.

La duchesse Ygerne ouvre des yeux effrayés.

— Qui êtes-vous ? Que faites-vous ici ? Pourquoi voulez-vous prendre mon enfant ?

— Son père me l'a confié.

La jeune mère se redresse brusquement :

— Vos plaisanteries ne m'amusent pas. Je suis une malheureuse veuve.

— Il ne fait aucun doute que votre mari est mort. Mais la nuit où il a été tué au combat n'est-il pas venu en même temps dans votre chambre ?

La duchesse blêmit :

— Qui êtes-vous pour connaître ce mystère ?

— Un enchanteur. Merlin de mon prénom. Le mystère est simple à expliquer. Il y a neuf mois, j'ai donné à un roi, très amoureux de vous, l'apparence de votre mari pour qu'il vous rejoigne dans la chambre.

De grosses larmes coulent sur les joues rondes de la duchesse. D'une voix étranglée par les sanglots elle annonce :

— Vous êtes un imposteur. Jamais je ne vous donnerai mon fils.

— Ne craignez rien pour lui. Son avenir sera magnifique.

Merlin s'approche du lit et la malheureuse duchesse crie :

— Au secours ! Au voleur !

L'Enchanteur met ses mains au-dessus du visage de la mère qui s'endort aussitôt. Merlin s'empare délicatement du bébé et disparaît.

Entre les nuages de brume qui flottent sur son immense parc, Uter Pendragon, le roi de Bretagne, marche à grands pas jusqu'à une fontaine. Malgré sa pelisse fourrée jetée sur ses épaules, le vent du nord le fait frissonner. Les yeux fixés sur l'horizon, il attend nerveusement que le blanc laiteux du ciel se colore de rose. Car c'est à l'aurore, ici même, que Merlin lui a donné rendez-vous, neuf mois plus tôt. Il s'inquiète de ne point l'apercevoir. Se serait-il trompé de jour, ou d'heure ? L'Enchanteur aurait-il oublié la promesse qu'il lui avait faite ? En se frottant les bras pour se réchauffer, il s'impatiente. Enfin, un vieux paysan s'avance, un bâton sur l'épaule auquel est suspendu un baluchon.

« Est-ce lui ? se demande le roi. Cette manie de changer d'apparence est vraiment énervante. »

Et il crie :

— Merlin ! Est-ce toi ?

L'Enchanteur arrive courroucé :

— Pourquoi, sire, hurlez-vous comme un loup ? Notre rencontre doit rester secrète.

— Je me faisais du souci. Où est mon fils ? Tu avais promis de me le montrer.

— Le voilà ! Le voilà !

Merlin soulève son bâton, et dépose délicatement par terre le baluchon, d'où sort un cri de nouveau-né.

— Il est encore assez vilain et fripé, dit Merlin en montrant le bébé emmailloté dans une couverture. Mais il changera.

— Qu'il est petit ! s'exclame le roi attendri. Je voudrais tant le garder.

— Sire, souvenez-vous. Nous avons fait un contrat. Je vous ai donné l'apparence du duc de Tintagel pour que vous puissiez dormir avec la duchesse Ygerne. En échange vous avez promis de me confier votre enfant.

— C'est vrai. Qui s'occupera de lui ?

— Je le confierai à un chevalier, le plus honnête de votre royaume, dont la femme est dévouée et bonne. Il sera bien éduqué.

— Le reverrai-je ?

— Non. Dites lui adieu.

Uter Pendragon prend le bébé dans ses mains, le regarde longuement :

— Mon fils, que Dieu protège ta vie et ton honneur.

Puis il repose l'enfant et s'en retourne tristement vers le château.

Merlin se transforme en aigle, prend le nouveau-né dans ses serres, et atterrit en Petite Bretagne, au seuil d'une humble demeure. Retrouvant sa barbe blanche et sa longue robe, il entre dans une pièce sombre, où une homme d'une trentaine d'années, au corps vigoureux, mange une purée de lentilles avec une saucisse.

— Antor, je te salue, dit Merlin. Et je t'apporte le bébé dont je t'ai parlé.

— Comment s'appelle-t-il ?

— Comme tu voudras. Choisis.

— J'aime bien Arthur.

— Alors il s'appellera Arthur. Et ta femme l'allaitera.

La femme s'écrie :

— Ah non ! Alors Ké, mon petit à moi, qui le nourrira ?

— Tu prendras une nourrice. Les enfants en grandissant seront comme deux frères.

Antor, ravi de voir Merlin, cherche à retarder son départ.

— Installe-toi et partage nos lentilles.

— Bonne idée. Tu me donneras des nouvelles de la région.

Antor est volontiers bavard, et se réjouit d'apprendre à Merlin des nouvelles que celui-ci connaît déjà. Lorsque le frugal repas est terminé, l'Enchanteur prend congé.

— Je vous laisse cette bourse, dit-il en posant sur la table un sac rempli de pièces d'or. Je reviendrai vous voir de temps en temps.

Merlin une fois disparu, la femme se lève et ouvre le baluchon.

— Il est mignon aussi, le petit Arthur. J'espère qu'ils s'entendront bien, notre fils et lui.

— Merlin l'a promis. Ils seront comme deux frères.

— Tu crois que les enchanteurs tiennent parole comme les honnêtes gens ?

— Certainement, femme, certainement !

En été les chemins s'assombrissent sous les feuillages denses de la forêt de Brocéliande. Seuls quelques rayons de soleil, telles de longues baguettes magiques, jettent des petits ronds de lumière qui dansent au gré du vent. Merlin marche d'un pas vif, le cœur rempli d'amour. Lorsqu'il atteint une petite maison de branchages, au toit couvert de nids et d'oiseaux chanteurs, il appelle :

— Viviane !

À la voix chaleureuse de Merlin, la jeune fée coiffe rapidement son abondante chevelure, aux boucles multicolores comme les fleurs de son jardin, et rejoint l'Enchanteur.

— Te voilà enfin ! Le temps m'a paru si long sans toi. Je me lasse d'attraper des oiseaux et de galoper dans la forêt. Cette nuit j'ai rêvé d'un manoir brillant comme la glace, avec dix cheminées, vingt-cinq fenêtres, un grand portail de chêne, avec des servantes, des serviteurs, des troubadours et des jongleurs.

— Je l'ai vu aussi.

— Tu lis dans mes pensées ?

Avec de bizarres mouvements de doigts et quelques bredouillements, Merlin fait surgir un manoir de cristal, à côté d'un grand verger planté de légumes, d'herbes médicinales et d'arbres fruitiers.

— Cette demeure est-elle bien conforme à ton rêve ?

— Exactement. Avec ce joli colombier au coin de la cour. Merci, Merlin. C'est une très jolie maison, mais je m'ennuierai sans voisins…

Aussitôt l'Enchanteur dresse d'autres maisons, d'autres personnages, un moulin, un grand pré ou paissent vaches et moutons, une forge, un lavoir et une rivière poissonneuse.

— Dis-moi, comment fais-tu ?

D'un mouvement de tête Merlin refuse de répondre.

— Je t'en prie, explique-moi, insiste la jeune fille.

Alors Merlin chantonne, et en un instant, maisons, vergers, rivière, habitants disparaissent. À la place s'étend un grand lac. Viviane est indignée.

— Trompeur ! Menteur ! Voleur ! Enchanteur de rien du tout.

Merlin rit :

— Tu es la plus charmante fée que je connaisse !

— Pourquoi as-tu fait disparaître mon manoir ?

— Pour qu'il reste caché. Donne-moi la main et sautons ensemble dans l'eau. Allez, ne prends pas cet air buté. Saute !

Tous deux plongent dans le lac, et sans être mouillés, se retrouvent en face du manoir de cristal.

— Voilà bien merveille et diablerie, constate Viviane avec ravissement. C'est le lac qui est une illusion.

— Pas tout à fait. Si quelqu'un de ton entourage dévoile le mystère de cette demeure, il se noiera réellement lorsqu'il sautera dans l'eau.

— Allons visiter ma maison.

Viviane prend un air câlin, et penche tendrement la tête :

— Apprends-moi à réaliser cet enchantement ? Je t'en supplie !

Merlin soupire. Il sait que l'ambition de Viviane est de connaître tous les enchantements possibles afin de le garder auprès d'elle et qu'il doit se méfier. Mais créer des manoirs est un jeu inoffensif. Il explique :

— Tu te concentres pour imaginer la maison, avec tous ses détails. Rien ne doit manquer. En même temps tu fais très vite des huit avec chacun de tes doigts, et tu penses tellement fort à ce que tu imagines que la maison devient réelle.

— C'est facile.

— Hum… Tu verras, cela demande un petit entraînement.

— Et quels mots as-tu prononcés ?

Merlin prend un air coquin.

— Je te le dirai si nous montons ensemble dans la tour pour que personne ne nous entende.

« Je devine que, là-haut, il me demandera un baiser, songe Viviane. Je ne lui en donnerai qu'un pour qu'il m'apprenne d'autres enchantements. »

Trois ans plus tard, en se rendant chez Antor, Merlin entend des cris furieux.

— Rends-le-moi. Rends-moi ce ballon ! Je me vengerai ! Je marcherai sur tes mains pour qu'elles aient très mal et tu ne pourras plus jouer.

Merlin découvre Ké, furieux, courant après Arthur. À sa vue, les deux enfants de trois ans s'arrêtent.

— Tiens, voilà le ballon, dit Arthur à son frère. Je te le prête, mais il est à moi, pas à toi.

Ké saisit le jouet en murmurant :

— Menteur. Il est à moi. Je le dirai à mon père.

— Holà, les enfants, cessez cette dispute. En voilà des ballons, s'écrie Merlin.

Et en tapant dans ses mains, il en fait surgir une dizaine qui s'éparpillent dans la cour.

Reconnaissant la voix de l'Enchanteur, Antor sort de l'écurie.

— Je te salue, Merlin.

— Je te salue aussi. Dis-moi, comment grandissent ces enfants ?

— Très bien, mais ils se disputent beaucoup. Ké a été confié à une nourrice dont le lait était aigre et mauvais. Cela lui a donné un caractère jaloux et autoritaire. Il veut toujours être le premier, le meilleur, et parfois Arthur ne le supporte pas. Bientôt je les ferai monter à cheval, et ils dépenseront leur énergie dans la campagne.

— Surtout achète-leur de bons chevaux. On prend de mauvaises habitudes à galoper sur de vieux canassons.

— Rassure-toi. Je veillerai à ce qu'ils deviennent tous deux d'excellents chevaliers. Veux-tu déjeuner avec nous ?

— Volontiers ! J'aimerais des fèves avec des pieds de cochon.

Malgré ses servantes, ses jongleurs, ses troubadours, Viviane s'ennuie loin de Merlin. Avec mélancolie elle tresse ses cheveux qui ont pris les teintes brunes et blondes de l'automne. Elle a suffisamment appris de magie auprès de l'Enchanteur, pour être capable de le suivre de très loin. En ce moment, il erre dans les forêts profondes de Grande Bretagne, remplies de ronces et de broussailles, chevauchant sur un loup gris. Viviane déteste cette vie sauvage où son amoureux partage la vie des bêtes, mange la viande crue, dort avec les sangliers, tue les biches en plantant ses dents dans leur gorge.

« Les enchanteurs parfois sont saisis de folie, songe-t-elle. Je voudrais qu'il devienne fou d'amour pour obéir à mes volontés. »

Chaque jour, elle monte sur la plus haute tour, avec l'espoir de le voir arriver. Mais ce matin-là, quand la brume se déchire en longues ailes blanches, elle aperçoit des volutes de fumée qui s'élèvent au-dessus de Bénoïc, la capitale du roi Ban. Bientôt de grandes flammes courent avec le vent, embrasent les rideaux, les meubles, la paille dans les granges. Elles atteignent l'église, grimpent sur le clocher qui vacille, penche, s'écroule dans un fracas que l'écho emporte au loin.

De longues cohortes de fuyards, femmes, enfants, paysans, chevaliers, défilent devant l'invisible manoir, à pied, à cheval, en charrette. Des animaux affolés, moutons, ânes, poules, chiens, courent aussi vite que leurs pattes le permettent et s'éparpillent dans les bois et les prés.

Après le passage des fugitifs le calme revient dans la forêt. Viviane s'apprête à descendre de la tour, lorsqu'elle voit surgir sur une colline, trois chevaux au grand galop. Ils avancent si vite qu'un cavalier tombe sur le sol, sans que les autres s'en aperçoivent. Arrivés près du lac, les deux chevaux s'arrêtent. L'un est monté par une femme très belle et très richement vêtue, l'autre par un chevalier. Derrière sa selle est accroché un panier dans lequel pleure un bébé. Les fugitifs cherchent des yeux leur compagnon manquant et s'affolent lorsque son destrier revient seul au petit trot.

— Le roi est tombé, dit la cavalière. Partons vite au secours de mon époux.

Le chevalier dépose par terre le bébé dans son panier et tous deux se précipitent vers la colline.

Aussitôt Viviane descend l'escalier en colimaçon de la tour, sort par le lac, s'approche du bébé qu'elle prend doucement dans ses bras. Ravie, elle embrasse ses yeux, sa bouche, puis le déshabille lentement.

— Tu es le plus bel enfant du monde, s'exclame-t-elle en le voyant tout nu.

Et tandis qu'elle le couvre de baisers et de caresses, la reine de Bénoïc revient en larmes, les cheveux épars, les vêtements en désordre. En apercevant Viviane elle ordonne :

— Laissez mon fils Lancelot. Il vient de perdre son père, le roi Ban de Bénoïc ainsi que son château et sa terre. Je n'ai plus que lui, il n'a plus que moi.

Viviane dit d'un ton enjôleur :

— On m'appelle la Dame du Lac. J'emporte votre enfant, car vous n'êtes plus une reine, tout juste la reine des Grandes Douleurs. Votre fils sera plus heureux avec moi. J'en ferai le meilleur chevalier du monde.

Et serrant l'enfant nu dans ses bras, elle avance vers le lac, joint les pieds, saute et disparaît dans un tourbillon. La reine s'évanouit de chagrin.

Au manoir de cristal, chacun s'exclame d'admiration devant le nouveau-né. Aux questions concernant sa famille, la Dame du Lac répond d'une manière évasive :

— Nous l'appellerons le « Bel Orphelin ».

En hiver, le cœur plein d'amour, Merlin revient en Petite Bretagne pour admirer sa belle amie, dont les cheveux sont blancs et brillants comme le givre. Il la trouve toute joyeuse de le revoir et de lui présenter l'enfant trouvé. Tous deux sont les seuls à savoir que le petit garçon, Lancelot, est le fils du roi Ban, et ne s'étonnent pas de sa grande beauté. Son caractère est contrasté : il est doux et tendre avec les doux, et plus furieux qu'un sanglier avec ceux qu'il n'aime pas. Viviane s'en inquiète :

— Le cœur de cet enfant est si sensible et si vite porté à des sentiments extrêmes, que je crains pour lui de redoutables épreuves.

— Ma très chère amie, comme toutes les mères tu veux épargner à cet enfant douleur et danger. Mais ce sont les périls, les épreuves, les souffrances, qui font la gloire des chevaliers. Leur plus grand malheur est la monotonie d'une vie sans aventure. J'amènerai ici dans quelque temps deux cousins de notre royal orphelin, Lionel et Bohort. Tous trois apprendront ensemble l'art des tournois et de la chasse, les querelles et le pardon.

Merlin reste un mois près de Viviane, et tous se réjouissent de leur amour. Ils passent de longues journées à se promener, à parler d'enchantements. Il lui apprend quelques tours de féerie, mais refuse de lui apprendre l'art d'endormir un homme.

— Ma tendre amie, dit-il, si je te dis ce secret, tu m'endormiras aussitôt, et j'ai encore beaucoup de travail à faire pour rendre prestigieux le royaume de Bretagne.

Viviane prend l'air fâché. Il lui demande :

— Belle amie, donne-moi un baiser.

— Un autre jour, dit-elle, mécontente.

Pendant quelques années, Merlin revient à chaque saison admirer les cheveux couleur de temps de son amoureuse et se réjouir de sa compagnie. Il voit le « bel orphelin » grandir, apprendre auprès d'un maître d'armes, avec ses cousins, Bohort et Lionel, le maniement de l'épée, de la lance et de l'arc.

— Jamais je n'ai vu un adolescent aussi parfait, constate Viviane. Tout en lui est bien proportionné et ses mouvements sont puissants et gracieux à la fois.

Merlin fait une petite moue moqueuse

— Je lui trouve le torse un peu trop large et épais.

Viviane prend un ton outré :

— C'est que son cœur est si grand qu'il faut de la place pour le loger.

— Je vois, ma douce amie, que rien ne peut égratigner l'amour que tu as pour lui.

— Celui que je te porte est plus grand encore. Apprends-moi, je te prie, l'art d'enfermer un homme sans tour, sans mur, sans fer, de manière qu'il ne puisse jamais s'échapper.

— Certainement pas. Tu m'emprisonneras aussitôt.

Viviane bat ses longs cils et s'indigne :

— Puisque tu m'aimes, pourquoi ne fais-tu pas toutes mes volontés ?

Merlin rit :

— Voilà un raisonnement de fille. Que feraient les Bretons, sans moi, pour vivre dans la paix et les enchantements ?

2

Excalibur, l'épée de souveraineté

Ké, bel adolescent de seize ans, sort de l'église, grave et pâle après la nuit passée en prière pour préparer son adoubement. Dans la cour de sa maison, Antor, Arthur et les habitants du village sont réunis. L'adolescent s'avance sur un tapis de corde jusqu'à son père. Là, un chevalier du village lui lace les chausses de fer qui enveloppent les jambes, attache à ses pieds les éperons, lui enfile le haubert, longue robe de mailles de fer qui enveloppe la tête, les bras et le corps jusqu'aux chevilles. Puis il pose sur la tête le heaume, casque de fer qui protège le crâne. Alors Ké s'approche d'Antor qui lui donne une épée au pommeau d'argent :

— Ké, mon fils, je te donne cette épée pour que tu serves le roi et l'Église.

Puis il lui passe le baudrier autour du cou, ceint l'épée et déclare :

— Maintenant, courbe la tête, je vais te donner la colée.

Il donne un vigoureux coup de paume sur la nuque de Ké et ajoute :

— Tu es désormais chevalier. Honore les chevaliers, donne aux pauvres, aime Dieu.

— Je vous remercie, mon père. Que je serve Dieu et qu'il m'aime.

Arthur regarde avec envie son frère. Il lui tarde de recevoir la colée. Il s'approche d'Antor et demande :

— Père, quand me ferez-vous chevalier à mon tour ? Je suis à peine plus jeune que Ké, j'aurai bientôt seize ans.

Antor ne savait pas lequel il aimait le plus de son fils ou d'Arthur qu'il appelait également son fils. Toutefois, il paraît gêné et hésitant.

— Le moment venu nous le ferons.

— Et quand sera le moment venu ? insiste Arthur. Le jour de mes seize ans ?

— Ne sois pas si impatient. Tu seras d'abord l'écuyer de Ké, et le calmera si nécessaire. Ton frère s'énerve facilement et je crains ses réactions lors de ses premiers tournois.

Quoique déçu par les réponses, Arthur aime trop son père pour lui tenir grief de ses évasifs propos. Il attendra.

Un mois plus tard, les cloches carillonnent à toute volée dans le village.

— On sonne le tocsin, s'alarme Arthur.

— Allons voir, décide son frère.

Tous deux courent jusqu'à la place du marché.

— Que se passe-t-il ? demande Arthur à une vieille femme assise devant sa porte qui brandit son aiguille à tapisserie.

— Un grand malheur, mon garçon. Notre roi, Uter Pendragon, est mort. Il n'a pas survécu à ses blessures lors du dernier combat contre les Saxons.

— Qui lui succède ? demande Ké.

— Personne, malheureusement, personne. Notre roi est mort sans héritier. Un royaume sans roi est comme une terre sans maître, destiné à de grands malheurs.

— Cesse de geindre, la vieille, se fâche un homme. Les barons vont se réunir. Ce sont des hommes perspicaces qui trouveront un bon souverain.

— Ce sont surtout des ambitieux, qui cherchent tous à monter sur le trône, grommelle la femme.

Au centre de la grande île, à Carduel, dans la salle rectangulaire du palais royal, les ambitieux barons sont rassemblés pour discuter de la succession au trône. Ils se fâchent, s'insultent, se maudissent, si bien qu'après d'inutiles et pénibles disputes, ils décident d'appeler Merlin à leur secours.

Celui-ci, dans le manoir de cristal de la forêt de Brocéliande, installé sur un lit, un gros édredon sur ses genoux, regarde tomber la pluie.

— Viviane, ma belle amie, je vais te quitter.

— Encore ! Décidément je crois que tu préfères le royaume de Bretagne à mon amour.

Puis, battant des cils sur ses yeux couleur de perle :

— Avant de partir, dis-moi la manière d'emprisonner un homme sans tour, sans fer, et sans mur. Je n'utiliserai ce secret qu'à bon escient.

— Je ne te le dirai pas. Coquine, tu veux m'enfermer et m'empêcher de poursuivre mon travail d'enchanteur.

Viviane prend un ton plaintif :

— Reviens vite. Je n'ai sans toi ni joie ni plaisir.

Merlin embrasse la belle bouche fraîche de la fée et se transforme en faucon. Sur ses ailes rapides il traverse la Manche et descend par la cheminée dans la grande salle royale, sous l'apparence d'un juge, au regard austère et à la parole fluette.

— Vous m'avez appelé, dit-il. Me voilà !

— Merlin, nous connaissons ta sagesse, dit le plus âgé des barons. Ici nous nous querellons en vain pour élire celui qui gouvernera notre pays. Aussi nous te demandons de choisir parmi nous celui qui assurera au royaume le bonheur et la sécurité.

D'un ton modeste et d'une petite voix cristalline, l'Enchanteur répond :

— Grands seigneurs, barons riches et puissants, je ne suis pas Dieu pour choisir un roi. Mais je vais vous donner mon avis. Vous le suivrez si le cœur vous en dit. Sinon vous le rejetterez.

— Puissions-nous être tous d'accord, après t'avoir entendu, répond le baron.

Merlin agite la grande manche de son costume de juge et déclare :

— Barons, comme vous le savez nous fêterons bientôt Noël. En cet anniversaire de sa naissance, Notre Seigneur Jésus-Christ décidera du futur souverain de la Bretagne et nous donnera un signe manifeste de son choix.

Tous ne sont pas satisfaits par cette proposition.

— Qu'est-ce qu'un signe manifeste ? demande l'un.

— Ce sera encore une occasion de nous disputer, remarque un autre.

— Seras-tu là Merlin, pour interpréter ce signe ? demande un troisième.

— Je ne serai pas là, mais vous n'aurez pas de peine à comprendre la volonté du Ciel. Maintenant je m'en retourne auprès de mon amie.

Et il disparaît par la cheminée comme il était venu.

Le plus âgé des barons prend alors la parole :

— Mes amis, pouvons-nous faire confiance à un enchanteur amoureux ?

— Certes non, l'amour est une faiblesse, dit l'un.

— Mais si, dit l'autre, les caresses au contraire donnent de l'esprit.

Les disputes reprennent sur ce sujet délicat, lorsqu'un seigneur à la voix forte conclut :

— Mes amis, Noël arrivera bientôt. Faisons confiance à Merlin qui connaît l'avenir et ne parle qu'avec sagesse. Son amitié pour le royaume de Bretagne s'est déjà manifestée et nous devons, une fois de plus, nous fier à lui.

Finalement, tous acceptent d'attendre la fête de la Nativité.

Partout dans le royaume, des envoyés avertissent la population que le jour de Noël, dans la ville de Carduel, Dieu fera savoir quel souverain Il souhaite pour la Bretagne. L'événement est si exceptionnel et si intrigant, que paysans, chevaliers, marchands se hâtent pour assister au signe du Ciel. Lorsque Antor, Ké et Arthur arrivent, une heure avant minuit, la foule est déjà si nombreuse, qu'ils ne peuvent pénétrer dans l'église. Ils attendent donc dehors, sur le parvis déjà fort encombré, malgré le froid.

À la déception générale, la messe de minuit s'achève, sans qu'aucun signe apparaisse. Des incrédules commencent à ricaner :

— C'est une histoire à dormir debout que ce signe qui surviendrait aujourd'hui, dit un homme.

— Moi, je n'y ai jamais cru, ajoute sa femme.

Indigné, Arthur se tourne vers les commentateurs sceptiques.

— Noël commence à peine. Comment osez-vous douter de Merlin ? Il connaît le passé et l'avenir.

— On raconte ça, mais est-ce vrai ? Moi, je n'attends pas la seconde messe et je rentre me coucher, répond l'homme.

La deuxième messe commence fort avant dans la nuit. Au moment de l'Offertoire, quand les premières lueurs éclairent la terre, surgit à côté du porche de l'église un imposant perron de marbre. Plus étonnant encore, ce perron est surmonté d'une enclume de fer dans laquelle est fichée jusqu'à la garde une épée qui scintille comme un diamant dans l'ombre.

Après un moment de stupeur muette, la foule restée sur le parvis devient aussi bruyante qu'un troupeau d'ânes. Des enfants pénètrent dans l'église en criant :

— Le signe est arrivé ! Venez voir ! Il est énorme !

Évêques et prêtres interrompent aussitôt la liturgie pour découvrir le message divin. Les uns tapent sur le marbre pour vérifier sa réalité, l'archevêque se penche vers l'enclume et lit, gravés en lettres d'or sur le pommeau de l'épée, les mots suivants : *Celui qui pourra retirer l'épée sera roi de ce pays.* Et de l'autre côté : *Excalibur*.

Très ému, l'évêque se retourne et s'adresse au peuple :

— Mes frères, cette épée s'appelle Excalibur, ce qui signifie tranche fer et acier. Sur son pommeau est écrit : *celui qui pourra retirer l'épée sera roi de ce pays*. Ceux qui savent lire pourront le déchiffrer à leur tour. Aussi nous allons terminer la messe, puis à midi, nous donnerons le signal pour l'épreuve de l'épée. Les meilleurs chevaliers du royaume essaieront les premiers.

À midi, entassés dans la haute cour, les Bretons attendent impatiemment la décision divine. Une centaine de chevaliers connus pour leur force et leur habileté se présentent. Les uns ont le sourire de la victoire aux lèvres, d'autres l'air réfléchi et concentré sur l'effort à fournir. À l'étonnement général, tous échouent et repartent furieux ou déçus.

L'archevêque, déçu lui aussi, annonce :

— Nous recommencerons demain. Deux cent cinquante chevaliers pourront concourir.

Le lendemain, la foule en plus petit nombre, vient admirer les prétendants. Ceux-ci, pendant deux longues journées, montent sur le perron, tendent leur bras, tirent, soufflent et transpirent jusqu'à épuisement, puis se retirent l'air déconfit.

Le quatrième jour, l'archevêque autorise toute personne du royaume à tenter sa chance. Écuyers, marchands, paysans défilent à leur tour. Pendant ce temps, les nombreux chevaliers réunis pour cette circonstance s'en vont tournoyer dans la plaine. À la fin de la semaine, plus personne n'essaie de relever le défi de l'enclume, et les gardes du perron, comme les petites gens, préfèrent quitter le château pour aller admirer les tournoyeurs. Le parvis de l'église reste désert.

Ké, comme tout jeune chevalier, est impatient de tournoyer.

— Père, demande-t-il, puis-je aller jouter avec les autres ?

— Certainement mon fils, c'est une bonne occasion de t'exercer. Où est ton épée ?

— Je l'ai oubliée à l'auberge.

Ké part en courant et rencontre Arthur sur son chemin.

— Va vite à l'auberge chercher mon épée. Je vais tournoyer, et tu me serviras d'écuyer.

Arthur aux pieds rapides court sur le pont-levis et entre dans une auberge en bois. Dans la chambre, il ouvre le coffre, soulève couvertures et draps sans rien trouver. Sur le chemin de retour, il traverse le parvis de l'église et remarque l'épée solitaire.

« Je peux toujours essayer », se dit-il. Personne ne me regarde.

Au premier effort, l'épée se détache immédiatement. Arthur est si étonné, si gêné même, qu'il cache l'arme sous son manteau pour l'apporter à son frère. Celui-ci, dès qu'il voit le pommeau décoré de lettres d'or, la dissimule à son tour sous son bliaud et rejoint Antor. D'un ton triomphal, il annonce :

— Père, je serai roi ! Voici l'épée du perron !

Antor reste dubitatif.

— Tu as réussi, toi, de tes propres forces, à arracher l'épée de l'enclume, alors que tant de preux ont échoué ?

— Oui.

Intrigué, Antor se dirige vers l'église et constate la disparition de l'épée. Il se tourne vers Ké, l'air sévère :

— Ké, ne me mens pas ! Si tu mens, je l'apprendrai un jour et tu perdras tout mon amour. Comment as-tu retiré cette épée ?

D'un ton penaud, Ké avoue :

— C'est Arthur qui me l'a apportée, mais j'ignore comment il l'a obtenue.

— Arthur ! Où es-tu ? crie Antor.

Arthur n'est pas loin. Dans l'église, il prie pour remercier Dieu et lui demander de l'aide pour sa future dignité. Il apparaît sur le porche.

— Approche, mon cher fils, prends cette épée et remets-la où tu l'as prise.

Sans aucune difficulté Arthur l'enfonce dans l'enclume.

— Ké, essaye de l'enlever maintenant.

Le malheureux garçon, tout confus, s'épuise vainement à extirper Excalibur.

Antor se tourne alors vers Arthur :

— Essaie à ton tour !

Avec une aisance déconcertante, Arthur retire l'épée.

Antor reste un moment silencieux. Se mêlent dans son esprit la stupéfaction devant le choix du Ciel, la fierté qu'il en éprouve et la crainte de perdre ce fils qu'il aime.

— Tu vas devenir roi ! Nous ne te verrons plus ! dit-il les larmes aux yeux.

— Pourquoi ? Nous resterons ensemble, tu es mon père.

Antor, au bon visage franc, explique :

— En vérité, Arthur, c'est moi qui t'ai élevé, mais je ne suis pas ton père, et j'ignore qui t'a engendré.

À son tour Arthur reste ahuri par cette révélation. Au seuil d'un avenir lourd de responsabilités, la perspective de se retrouver sans famille lui fait peur.

— Je te demande de me considérer encore comme ton fils, sinon je ne saurai où aller. Tout ce que j'aurai sera à toi.

Antor sourit, soulagé.

— Je ne te demande qu'une chose. Prends ton frère comme sénéchal, et garde-le auprès de toi malgré les fautes qu'il commettra certainement. Il lui arrive d'être vantard et cruel à cause du mauvais lait de sa nourrice.

— Je te le promets.

En fin d'après-midi, chevaliers et citadins retournent à l'église pour assister aux vêpres et Antor annonce à l'archevêque :

— Monseigneur, voici l'un de mes enfants. Il n'est pas encore chevalier, mais il me supplie de lui laisser tenter l'épreuve. Voulez-vous bien y assister avec les barons ici présents.

Lorsque tous, curieux ou moqueurs, sont rassemblés devant le perron, Antor ordonne à Arthur :

— Fils, prends cette épée et remets-la à l'archevêque.

Une extrême tension règne sur la place tandis que l'adolescent monte sur le perron. Il prend une grande respiration, se penche, saisit le pommeau et d'un seul mouvement tire l'épée tout entière hors de l'enclume.

Un murmure de stupeur s'élève de l'assistance. L'archevêque s'avance pour serrer dans ses bras le jeune garçon.

— Tu es notre roi ! Tu as conquis l'épée de souveraineté ! Gloire soit rendue à Dieu tout-puissant.

Mais un groupe de barons grommelle.

— Que se passe-t-il ? demande l'archevêque.

— Monseigneur, il est impossible qu'un garçon d'aussi modeste origine puisse devenir roi.

Le gros archevêque rougit de colère :

— T'opposerais-tu au signe divin ?

— Nous pensons que quelqu'un d'autre, d'une meilleure famille, pourrait réussir le même exploit. Nous demandons que cette épée reste dans l'enclume jusqu'à la Pentecôte. Si à cette date personne ne l'a retirée, nous obéirons à Arthur. D'ici là, s'il le souhaite, il dirigera comme il le voudra le royaume.

Arthur leur répond d'un ton tranquille mais ferme :

— Je ne souhaite pas diriger provisoirement le royaume. Je n'en serai le maître qu'après avoir été sacré, couronné et investi de la dignité royale. J'accepte donc volontiers de repousser mon sacre jusqu'à la Pentecôte pour que vous ne doutiez plus de ma souveraineté.

En attendant la Pentecôte, de nombreuses rumeurs circulent dans le pays. On raconte que les barons, perfidement, offrent au futur roi de somptueux cadeaux pour démontrer qu'il est avide de richesses. On raconte aussi, à la grande déception des barons, qu'Arthur s'empresse de distribuer autour de lui les riches présents qu'on lui donne. On répète toutes sortes de sornettes sur sa naissance : certains le disent né dans une étable comme Jésus, d'autres qu'il est fils d'une malheureuse femme qui l'a abandonné près d'une rivière, d'autres enfin qu'il est fils de roi.

L'étrange destin d'Arthur parvient dans la forêt de Brocéliande et plonge Lancelot dans de nouvelles rêveries. Le garçon, à seize ans, est d'une grande beauté. Son regard est parfois si doux qu'il attendrirait une biche, et parfois si hardi qu'il effraierait un sanglier.

Il est impatient de servir le jeune et futur roi, d'obtenir son amitié pour devenir un de ses compagnons. Afin de mériter cet heureux sort, il s'entraîne en galopant de longues heures dans les landes, ou joue à la quintaine avec ses cousins. Alors ils s'amusent à faire des paris pour deviner qui atteindra le plus souvent avec sa lance le mannequin mobile.

Parfois, Lancelot part seul chasser dans les forêts profondes. Un jour, dans sa tenue de chasse, verte, un chapeau de feuilles sur la tête, le carquois à la ceinture et l'arc à l'épaule, il s'aventure loin du manoir de la Dame du Lac. Malgré les taillis piquants et touffus, il tue un faisan, un cerf et trois lapins. Au début de l'après-midi, il entend crier et se précipite dans la direction du bruit. Là, trois voleurs battent un cheval en disant à son cavalier :

— Donne tes écus, et vite, sinon ta bête mourra sous toi.

Lancelot n'hésite pas un instant. Il tend son arc, et lance une flèche sifflante qui atteint un voleur à la poitrine. Aussitôt les malfaiteurs prennent peur et s'enfuient. Lancelot s'approche du cavalier.

— Ami, dit-il, puis-je te rendre service ?

— Hélas, je devais apporter mes écus à une nièce pour lui permettre de se marier, mais j'arriverai trop tard. Ma pauvre bête est épuisée.

Effectivement des blessures sanguinolentes parsèment la robe de l'animal.

— Avec un cheval comme le mien arriverais-tu à temps ? demande Lancelot.

— Certainement.

— Alors je te le donne et prendrai le tien. Rien ne me presse.

Le gentilhomme lui jette un long regard attentif.

— On a raison de dire que tu es fils de roi !

Et sans ajouter un mot, il détale sur la belle monture du garçon. Lancelot s'en retourne au pas pour épargner la bête blessée, déconcerté par la remarque du gentilhomme.

Sur le chemin, il rencontre son maître d'armes, accompagné de Bohort et Lionel, qui le cherchaient depuis longtemps. Le maître, déjà agacé d'avoir cheminé de longues heures, demande d'un ton courroucé :

— D'où viens-tu ? Où se trouve ton cheval ?

— Je l'ai laissé à un gentilhomme qui était pressé de se rendre à la ville.

Le maître se fâche :

— Comment ! Tu as donné ton beau palefroi qui n'a pas son pareil sous le ciel ? Tu te repentiras de cette folie !

Et emporté par la colère, il prend sa cravache et fouette le garçon et sa monture. Le cheval hennit de douleur. Lancelot saute sur le sol et, pour jeter son maître à terre, saisit l'étrier et le soulève jusqu'à l'encolure. Furieux à son tour, il déclare :

— Jamais, tu m'entends, jamais devant moi tu ne fouetteras un animal ou un homme.

Et sautant sur le cheval de son maître, il part au grand galop.

À la nuit tombée, après avoir calmé sa colère, Lancelot arrive au bord du lac, plonge avec sa monture et entre dans la cour du manoir de cristal. Lorsqu'il se présente devant la Dame du Lac, son maître est déjà là, l'avant-bras emmailloté dans des linges. Viviane est de fort mauvaise humeur.

— Comment as-tu osé jeter ton maître à terre ? Il s'est foulé le poignet.

— Je n'ai rien fait de mal et ne méritai aucun châtiment. D'ailleurs je vais partir d'ici.

Viviane pâlit :

— Partir d'ici ! Et où iras-tu ?

— J'irai tout droit dans la maison du roi Arthur. Je me mettrai au service d'un baron jusqu'à ce que le roi me fasse chevalier.

— Tu veux donc être chevalier ?

— Recevoir l'ordre de chevalerie est la chose au monde que je désire le plus.

Viviane rit :

— C'est que tu ignores les lourdes charges qui incombent à un chevalier. Il faut être fort, hardi, preux, courtois, compatissant aux malheureux, fidèle à son roi et à son Dieu.

— Pourquoi ne serais-je pas capable d'avoir toutes ces qualités ? Quelqu'un m'a dit que j'étais fils d'un roi.

— C'est qu'il te connaissait mal, celui qui t'a pris pour le fils d'un roi, car tu ne l'es pas, répond Viviane perfidement.

Lancelot reste un moment déçu et silencieux

— C'est dommage, dit-il, mon cœur aurait osé l'être.

Mécontent, Lancelot s'apprête à quitter la salle, lorsque la Dame du Lac court après lui et l'embrasse.

— Lancelot, dit-elle, dès tes premiers jours j'ai souhaité que tu sois le meilleur chevalier du monde. Et je me réjouirai que tu le deviennes. Mais ton absence me causera beaucoup de chagrin. La maison me paraîtra si triste. Aussi je te demande d'attendre le sacre d'Arthur pour partir le rejoindre.

— J'attendrai, répond Lancelot.

3

La Blanche Apparition

Tandis que les Bretons attendent impatiemment la Pentecôte, Merlin sur son loup gris se promène dans les forêts profondes, dort sur la mousse, se nourrit de plantes et de chair crue. Un matin cependant, tandis qu'un rayon de soleil lui chatouille le bout du nez, il se réveille en sursaut.

« Merlin, à quoi penses-tu ? se dit-il. Tu as oublié de t'occuper d'une affaire extrêmement importante. Dépêche-toi de rattraper le temps perdu avant le sacre d'Arthur. D'ailleurs où se trouve-t-il en ce moment ? Ah ! À Camaalot. »

Le château de Camaalot, dans le pays de Galles, est le préféré de Merlin. Plutôt qu'un château c'est une forteresse à la mode celtique. Située au sommet d'une colline, la demeure royale domine un large espace où s'élèvent des maisons isolées.

L'ensemble est protégé par un rang de palissades de bois et un rempart de terre et de pierre. Tout autour, un fossé retarde l'arrivée éventuelle d'ennemis. De l'autre côté s'étend une vaste prairie utilisée pour les tournois.

C'est dans l'écurie que l'Enchanteur trouve Arthur en train de choisir, avec quelques chevaliers, les chevaux pour le prochain tournoi. En l'apercevant assis sur un cheval, Arthur s'exclame :

— Merlin, te voilà de retour ! Où étais-tu donc ?

— Tu sais que parfois je dois me tenir à l'écart du monde. Ne te préoccupe pas de mes absences. Où que je sois, si tu es en difficulté, je te viendrai en aide et t'apporterai mes conseils !

— Je n'ai pas de difficultés en ce moment.

— Si, si, mais tu les ignores. Des tâches t'attendent. Un roi de Petite Bretagne, le roi de Carmélide, est gravement menacé par son voisin, le perfide roi de la Terre Déserte. Tu dois lui venir en aide.

Arthur, qui examinait la patte d'un palefroi gris, répond d'un ton distrait :

— Pourquoi quitterais-je la Grande Bretagne pour un vieux roi incapable de se défendre ?

— Je suis certain que tu en tireras grand avantage.

Merlin lance un petit clin d'œil coquin à Arthur qui ne comprend pas son message et décide :

— Le futur roi de Bretagne n'a pas à intervenir dans une querelle de voisinage.

— Tu ne déclineras pas ton véritable nom. Les chevaliers préfèrent parfois rester anonymes. C'est une coutume qui n'étonnera personne.

— Voilà une proposition bien déplaisante. Moi, Arthur, je me battrai, anonyme !

Merlin se fâche :

— Mon ami, tu sais que je connais le passé, don qui me vient de ma nature diabolique, mais que Notre-Seigneur dans sa toute-puissance m'a donné la faculté de connaître aussi l'avenir. Pars, sans discuter, puisque je te le conseille. Tu verras bien ce qui arrivera. D'ailleurs si tu ne m'obéis pas, je ne viendrai plus te voir.

Devant la colère de l'Enchanteur, Arthur se fait conciliant.

— Je partirai à condition que tu nous accompagnes.

Merlin descend de sa monture, lisse sa barbe jusqu'à ses pieds, en faisant un gros dos rond de chat. Lorsqu'il se relève, il déclare :

— Beau sire, puisque tu me le demandes, je viendrai avec toi. Mais n'attendons pas. Partons au plus vite.

Arthur se tourne vers Ké.

— Dis aux chevaliers présents de préparer leurs chevaux, leurs armes, leurs écuyers et leurs valets. Nous partirons demain à l'aube.

Vingt jours plus tard, par une belle matinée de soleil printanier qui fait chanter les oiseaux, Arthur, Merlin, Gauvain, Ké et une quarantaine de hardis chevaliers saluent le roi de Carmélide, un vieil homme, légèrement bossu, les mains déjà tremblantes.

— Je ne sais comment vous remercier de venir à mon secours. La lutte avec le roi de la Terre Déserte est trop inégale et…

Il n'a pas le temps de terminer sa phrase, que les guetteurs sonnent du cor pour annoncer l'arrivée des ennemis et la fumée des incendies. Les chevaliers se rassemblent derrière la bannière de Merlin, sur laquelle un petit dragon à longue queue, de temps en temps, lance des flammes.

Malgré la hardiesse des Bretons, les soldats de la Terre Déserte attaquent si furieusement que la bataille reste indécise. Jusqu'au milieu de l'après-midi résonnent les cliquetis métalliques des épées qui frappent heaumes et boucliers, le craquement des lances de frêne qui se brisent. Soudain s'élève un cri affolé :

— Au secours ! Le roi de Carmélide est fait prisonnier.

Merlin se retourne en levant sa flamboyante bannière.

— À moi, francs chevaliers, s'écrie-t-il.

Et tandis qu'Arthur et ses compagnons le suivent au grand galop, il sort un sifflet de sa poche, le porte à ses lèvres, et au premier son fait se lever un vent impétueux qui souffle vers les adversaires. Les ennemis, aveuglés par la poussière qui tourbillonne autour d'eux, abandonnent leur royal prisonnier et s'enfuient, poursuivis par Arthur et ses quarante compagnons. Le chemin qui conduit au château de la Terre Déserte, devient progressivement jonché de cuirasses ennemies, de heaumes écornés, d'épées abandonnées et de blessés.

Le soir, lorsqu'ils reviennent en Carmélide, les vainqueurs sont reçus avec honneur. Des valets prennent leurs chevaux, les désarment, et les conduisent dans une salle couverte de genêts où les tables ont été dressées avec de belles nappes claires. Là, telle une blanche apparition, une demoiselle leur présente l'eau chaude dans un bassin d'argent. De sa main elle lave les visages et les cous couverts de poussière et donne à chacun un élégant manteau. Arthur ne la quitte pas du regard, ébloui par sa beauté. Jamais il n'a vu une fille si ravissante. Sa peau a la blancheur des coquillages lavés par les vagues, ses magnifiques cheveux blonds sont nattés en une brillante tresse qui descend jusqu'à la taille, son maintien est noble et gracieux. La jeune fille, heureuse de plaire à un chevalier inconnu, sourit de joie.

Lorsque le roi de Carmélide rejoint ses hôtes, il déclare :

— Chevaliers, je vous présente ma fille, Guenièvre.

— Vous avez de la chance, dit Arthur, d'avoir fille si belle.

À table, le futur roi est si ému, qu'il en oublie de manger, les yeux fixés sur la Blanche Apparition qui offre à son père, puis à lui-même, une coupe de vin.

— Messire, buvez, dit-elle, et ne m'en veuillez pas si je ne vous appelle point par votre nom, car je l'ignore. Ne soyez pas distrait au souper, vous n'auriez plus la force de combattre aussi vaillamment qu'aujourd'hui.

Arthur rougit, prend la coupe et la vide d'un seul coup.

Gauvain, qui s'aperçoit du trouble amoureux de son seigneur, s'approche alors du roi à la fin du repas et demande :

— Sire, avez-vous un autre enfant qui puisse hériter de vos terres ?

— Non je n'ai qu'une fille.

— Il serait prudent de la marier.

— Vous avez raison. Depuis sept ans, le roi de la Terre Déserte me fait la guerre, et je n'ai pas eu le temps de songer à lui trouver un époux. Mais s'il se présente un gentilhomme qui puisse défendre mon royaume, je lui confierai volontiers Guenièvre.

Merlin, en entendant ce propos, pousse un grognement amusé et s'approche à son tour du roi de Carmélide.

— Sire, il me semble que votre fille n'est pas restée insensible au charme de ce chevalier-ci, dit-il en montrant Arthur.

— Il me semble aussi. Je vais la faire chercher, s'empresse de dire le roi.

Quand Guenièvre revient dans la grande salle, devant tous les chevaliers présents il prend la main de la jeune fille et la met dans celle d'Arthur.

— Messire, dont j'ignore encore le nom, mais dont j'ai admiré la vaillance et la noblesse, reçois ma fille pour femme avec tout ce qu'elle aura d'honneurs et de biens après ma mort.

— Sire, je vous remercie de me confier ce que vous avez de plus cher et qui me donne le plus de joie.

— Sachez, ajoute Merlin, que l'époux de Guenièvre sera bientôt roi de Bretagne. Il s'appelle Arthur, et les chevaliers vont se présenter eux-mêmes.

Gauvain, Ké, et tous les autres s'inclinent successivement en prononçant leurs noms. Le roi de Carmélide est au comble du bonheur. En une seule journée il a vaincu ses ennemis et conquis un gendre prestigieux.

— Dans huit jours, dit-il, nous fêterons ici le mariage de ma très chère fille.

C'est un véritable jour de fête. La grande salle du palais est tapissée de joncs, de feuilles vertes et de fleurs embaumantes. Les chevaliers portent des robes de soie de couleurs brillantes, sur lesquelles est jeté un léger manteau aussi brillant. Lorsque Guenièvre apparaît, le visage lumineux, les cheveux blonds répandus et couronnés de pierreries, vêtue d'une robe lamée d'or qui traîne derrière elle, tout le monde sourit d'admiration. Arthur, extasié, la prend par la main et ouvre le cortège. À leur suite viennent des rois de Petite Bretagne, des nobles, des bourgeois, tandis que paysans et paysannes crient sur le parcours :

— Longue vie à Arthur, et à notre princesse Guenièvre.

Les cloches carillonnent pour la bénédiction nuptiale. Puis, dans le château, tout le peuple est invité pour jouer, boire, manger et danser jusqu'au matin.

Lorsque chacun est parti se coucher, Merlin sort du château.

« Ma mission est terminée, songe l'Enchanteur. Arthur a trouvé sa reine. Dire qu'il ne s'en préoccupait même pas. Il ignorait qu'un sacre sans reine est impossible. Il faut vraiment que je m'occupe de tout. Ce mariage lui causera quelques ennuis, mais je ne peux rien contre le destin. Maintenant, il est temps que je retrouve celle qui enflamme mon cœur. »

Tout heureux, Merlin marche dans la forêt de Brocéliande. Les arbres qui le reconnaissent s'inclinent sur son passage, et des petits lapins courent devant lui pour l'accompagner jusqu'au lac. Après un petit plongeon, il s'approche du manoir de cristal. Viviane, les cheveux verdoyants, vient à sa rencontre.

— Sais-tu que je vis un grand chagrin ?

— Lequel, ma belle amie ? demande Merlin qui connaît déjà la réponse.

— Mon Bel Orphelin veut devenir chevalier d'Arthur. J'ai retardé son départ jusqu'au couronnement, mais celui-ci aura lieu dans un mois. Après je me sentirai bien seule. Aussi, Merlin, j'aurai besoin que tu restes tout le temps auprès de moi.

— Il le faudra bien, mon amie, car l'amour que j'ai pour toi est si fort que j'en perds la raison.

Les yeux de Viviane pétillent d'allégresse. Et la rusée demande :

— Alors dis-moi tout de suite comment enfermer quelqu'un sans avoir recours à une tour, à un mur, à des chaînes, et seulement par enchantement.

Merlin lui jette un regard tendre, mais préfère changer de conversation :

— Pour le moment, occupe-toi de Lancelot. Tu es chargée d'en faire le meilleur chevalier du monde.

— Viens voir ce que j'ai préparé pour lui.

Au deuxième étage du manoir de cristal, sont rassemblés les armes et les vêtements du chevalier : un haubert blanc, léger et fort, noué en deux cent mille anneaux, un heaume plaqué d'or blanc, l'épée, tranchante et légère, une lance à hampe blanche et au fer argenté, un bouclier blanc décoré d'un léopard en émail gris, marchant sur trois pattes, la quatrième levée et la queue redressée fièrement.

— Il n'y a que du blanc ! s'étonne Merlin.

— Oui, il sera le chevalier aux blanches armes. Je le veux ainsi. Tous ses habits de soie sont de cette couleur, la fourrure est d'hermine et le cuir d'agneau. Ainsi les lèvres rouges si bien dessinées et les grands yeux mauves de mon Bel Orphelin ressortiront davantage.

— Je resterai près de toi jusqu'à son départ. Au dernier moment, tu serais capable de tant pleurer qu'il n'osera pas s'en aller.

— Non, non, malgré mon chagrin, je préfère qu'il soit le meilleur chevalier du monde. Tu empêcheras la pluie de tomber pendant le voyage ?

— Oui. Mais donne-moi un baiser.

— Plus tard, plus tard.

Le soleil rayonne. L'escorte de Lancelot chevauche dans la forêt de Brocéliande. Les quarante chevaux sont blancs, ainsi que les vêtements des chevaliers, écuyers, valets, comme ceux de Lancelot et de la Dame du Lac. Pendant la traversée des villages et des champs, les Bretons, surpris par un tel équipage, font une haie d'honneur et lancent des fleurs, ou se signent par crainte d'un cortège fantôme. Dans le port, les marins proposent leurs bateaux contre du bel argent et en quelques jours la suite s'approche de Carduel. Toutefois Viviane reste pensive et abattue à l'idée de la séparation.

Le dernier jour, en chevauchant deux par deux, sur toute la largeur du chemin dans une épaisse forêt, Viviane entend des cris, des aboiements de chiens, la sonnerie d'un cor. Elle se tourne vers un écuyer :

— Va te renseigner pour savoir quel seigneur chasse dans les environs.

L'écuyer est vite de retour et annonce :

— C'est le futur roi Arthur qui chasse à l'arc avec des chevaliers de sa cour.

Aussitôt la Dame du Lac se tourne vers Lancelot.

— Accompagne-moi pour saluer le roi.

Tous deux pressent l'allure et devancent l'escorte jusqu'aux chasseurs. Étonné par ces cavaliers en tenue blanche, si inattendus dans la sombre forêt, Arthur se dirige vers la dame qui dégage le long voile qui protège son visage et son cou de la poussière. Elle salue de sa voix mélodieuse :

— Arthur, je suis venue à vous de très loin et je viens vous demander un don que vous ne devez pas me refuser.

— Pourvu qu'il ne soit ni à ma honte ni au dommage de mes amis, ce don vous sera accordé.

— Je désire que vous fassiez chevalier mon jeune écuyer que voici, avec les armes et le harnais qu'il apporte et quand il vous le demandera.

— Je vous remercie de m'avoir amené cet écuyer qui est fort beau, et je le ferai chevalier très volontiers au moment qui lui conviendra. Mais je n'ai pas l'habitude de faire un chevalier sans lui fournir moi-même et ses robes et ses armes.

Viviane répond avec hauteur :

— Si vous acceptez mes conditions, vous le ferez chevalier vous-même ; si vous refusez, je m'adresserai ailleurs.

Gauvain, « le soleil de la chevalerie », le chevalier sans égal qui se tient près d'Arthur intervient :

— Sire, acceptez que ce jeune homme soit fait chevalier comme vous le demande cette dame. Il ne faut pas laisser partir un si bel écuyer.

— Je ferai, Dame, comme vous le souhaitez, et vous prie de venir en mon château.

— Je vous en remercie, mais c'est tout à fait impossible, répond Viviane.

— Au moins dites-moi votre nom. Je serai heureux de le savoir.

— On m'appelle la Dame du Lac.

Le roi reste étonné par ce nom qu'il n'avait jamais entendu et la dame s'éloigne avec Lancelot, à la distance d'une portée d'arc.

— Cher enfant, tu vas partir et je veux que tu saches que tu n'es pas mon fils. J'ai mis en toi tout l'amour qu'une mère peut avoir et…

Les larmes l'empêchent de continuer. Après un moment, elle ajoute :

— Aie soin d'être aussi beau de cœur que de corps, afin que ta prouesse égale ta beauté. Sache que Lionel et Bohort sont tes cousins.

Lancelot est transporté de joie :

— Comme tu as bien fait de me le dire ! Je suis tellement plus heureux à présent.

Les paroles entrecoupées de sanglots, Viviane continue à délivrer ses conseils.

— Pense à demander au roi, avant le couronnement, qu'il te fasse chevalier. Après la Pentecôte, ne passe plus une seule nuit dans sa maison, mais va par tous pays en quête d'aventures et de merveilles. C'est ainsi que tu pourras conquérir honneur et gloire. Surtout ne cesse jamais d'accomplir les aventures qui relèvent de la prouesse que Dieu t'a donnée. J'aurais beaucoup à te dire, mais je ne le peux pas. J'ai le cœur trop serré et la parole me manque. Adieu donc, le bon, le beau, le gracieux et le bien-aimé de toutes les dames.

Alors elle lui baise la bouche, les joues, les deux yeux très passionnément. De la main elle fait signe à quatre écuyers de se rendre auprès d'Arthur avec deux palefrois parmi les plus beaux du monde et deux chevaux de bât. Sur le chemin de retour, elle a au cœur une telle douleur qu'on ne peut lui arracher une parole.

Le soir même, Lancelot dit à Gauvain qui l'héberge chez lui :

— Ami, dis au futur roi qu'il me fasse chevalier, comme il l'a promis à la Dame du Lac. Je veux l'être dès maintenant.

— Es-tu si pressé ? Ne ferais-tu pas mieux d'attendre et d'apprendre le métier des armes, jusqu'au moment où tu y seras habile ?

Lancelot ne se laisse pas convaincre.

— Je ne veux pas être plus longtemps écuyer, et je te prie de dire à Arthur qu'il me fasse chevalier, aujourd'hui, sans plus attendre.

— Je le ferai très volontiers.

Gauvain va trouver Arthur qui discute dans la grande salle avec des barons. Il lui dit :

— Seigneur, votre nouvel écuyer demande que vous le fassiez chevalier.

— Quel écuyer ? Celui que la dame m'a confié, vêtu d'un bliaud blanc ?

— C'est bien celui-là.

— Il veut déjà être chevalier ?

— Oui.

Le futur roi s'étonne :

— Entendez-vous, barons ? Notre écuyer d'hier soir veut être chevalier tout de suite.

— Il le mérite grandement, dit Gauvain. Mon oncle, croyez-moi, ce sera un chevalier exceptionnel.

Guenièvre, intriguée, demande :

— Et quel est ce jeune homme ?

— C'est le plus bel écuyer que vous ayez jamais vu de vos yeux.

— Alors je l'admirerai volontiers, dit-elle. Quel est son nom ?

— Je ne sais pas, répond Gauvain. Sans doute vient-il de Petite Bretagne car il en a l'accent.

— Demandons-le-lui, suggère Guenièvre, curieuse de voir ce nouvel adolescent.

Lorsque le chevalier aux blanches armes est présenté à la Blanche Apparition, une émotion violente les saisit tous les deux. Ils ne peuvent se quitter des yeux, comme sous l'effet d'un charme. La reine s'approche pour lui prendre la main qui frissonne à son contact. De sa voix douce elle demande :

— Quel est ton nom ?

— Lancelot du Lac.

— Où es-tu né ?

— Près du lac sans doute.

Guenièvre sourit de cette naïveté.

— Au moins, connais-tu tes parents ?

— Non. Je suis un enfant trouvé.

La femme d'Arthur tremble légèrement avant de dire :

— Tu seras aimé et admiré parmi nous.

Et se tournant vers son époux :

— Il est temps de l'adouber, il me semble.

Lancelot, s'agenouille devant Arthur. Il reçoit la colée comme une caresse et dit avec ferveur :

— Que je serve Dieu et qu'il m'aime.

Merlin qui, installé dans une fenêtre déguisé en faucon, suit les événements, songe :

« Et voilà ! Le destin est en marche et le meilleur chevalier du monde connaîtra bien des soucis. Enfin il est temps pour moi d'aller consoler Viviane. Je reviendrai à Carduel pour le couronnement. »

4

La Table ronde

Le château de Carduel est construit sur une colline d'où il est facile d'apercevoir l'ennemi. Il est le plus grand du pays, avec trois cercles de remparts. Derrière le fossé de dix mètres de fond et de large, s'élève une enceinte de pierre de plus d'un kilomètre, épaisse de quatre mètres, flanquée de tours rondes. Barbacane et herse franchies, la basse cour est un véritable village : ateliers des artisans, maisonnettes de paysans et de gardes, granges et étable, four, moulin, puits, pressoir, lavoir et marché. Par une autre barbacane, on franchit la deuxième enceinte, pour pénétrer dans la haute cour. Là se trouvent l'église, les écuries, le chenil, les cuisines, la citerne, les magasins de vivres, et la demeure royale. Dans le donjon, protégé par la troisième enceinte nommée « la chemise », se trouvent des provisions et des salles capables de recevoir le roi et sa suite en cas de danger. C'est là que Merlin attend Arthur, en cette veille de Pentecôte où tout est silencieux et sombre. Il lui envoie un cauchemar.

Dans le large lit de la chambre conjugale, Arthur se redresse brusquement et passe la main sur son bonnet de nuit.

— Quelle agitation ! s'exclame Guenièvre brusquement réveillée.

— J'ai fait un rêve affreux. J'arrivais devant l'église pour être sacré roi, lorsque sur le perron, dans l'enclume, il n'y avait plus d'épée. J'en avais des sueurs froides. Des petits riaient en criant : « Un chevalier déjà l'a prise ! Ce n'est pas toi le roi, c'est lui ! — Où se trouve-t-il ? » demandai-je. Ils répondirent : « Il est dans le donjon. »

Arthur prend sous son oreiller sa chemise qu'il a roulée avant de dormir nu, l'enfile, écarte le rideau du lit et jette son manteau sur ses épaules.

— Où vas-tu ? demande Guenièvre.

— Je vais vérifier ! dit-il.

— C'est inutile, l'épée était là tout à l'heure, je l'ai aperçue en revenant du verger.

— Quelqu'un a pu la prendre depuis.

— Cette cérémonie du sacre te rend bien nerveux, constate la future reine.

Arthur descend l'escalier taillé dans l'épaisseur du mur jusqu'à la grande salle, où dorment de nombreux chevaliers sur des lits de sangle. De là il descend dans la cour et se hâte jusqu'au perron de l'église. À son grand soulagement, l'épée brille toujours comme un diamant dans l'ombre. Il s'apprête à rire de ses craintes lorsqu'il aperçoit une lumière dans la grande salle du donjon.

« Qui se trouve là-haut, à cette heure ? » se demande-t-il.

Pour en avoir le cœur net il passe la barbacane de la chemise où dort un garde, prend la clef et monte au premier étage.

— Merlin ! Tu m'as fait peur !

— J'arrive au dernier moment, car Viviane m'empêchait de partir. J'ai des choses importantes à te dire. Si importantes que je souhaite que deux personnes de confiance les entendent pour témoigner de mes paroles.

— Je vais les faire chercher.

Arthur réveille le garde, et peu après, les yeux bouffis de sommeil arrivent Ké, son sénéchal et Gauvain, son neveu du même âge que lui, fils aîné d'une de ses demi-sœurs.

— Salut Merlin, disent-ils en même temps.

— Que Dieu vous garde et vous ouvre les oreilles pour vous souvenir de mes paroles. Arthur, demain tu obtiendras l'épée de souveraineté, Excalibur. Elle a été fabriquée pour toi par ta demi-sœur, Morgane, qui demeure dans l'île d'Avalon, en signe d'amitié avec le peuple des fées. Pendant quelques années cette épée t'empêchera de saigner trop longtemps et d'être profondément blessé. Mais il y a une condition à un tel privilège.

— Dis-moi vite laquelle.

— Tes chevaliers doivent retrouver le Graal, qui est indispensable à l'harmonie entre les hommes.

— Qu'est-ce que le Graal ? demande Arthur fort étonné.

— Une coupe d'abondance et de joie. Vous savez que la veille de sa mort, Jésus-Christ réunit autour d'une table ses douze apôtres, et partagea avec eux le vin. Le Graal est le nom du vase dans lequel burent les apôtres et Jésus. Le lendemain, un juif nommé Joseph d'Arimathie recueillit dans ce vase le sang de Jésus pendant la crucifixion. Depuis, à travers les siècles, cette précieuse coupe a voyagé de Palestine en Occident et se trouve maintenant en Bretagne. Aussi es tu chargé de la retrouver pour que cessent les guerres avec nos ennemis saxons, et que reviennent la paix et les enchantements.

— Comment ferai-je ? demande Arthur.

— Tu réuniras autour d'une table ronde, les meilleurs chevaliers du royaume. Vous serez douze, comme les apôtres autour de Jésus. Il restera une place vide, la treizième, celle jadis occupée par le Seigneur lui-même. Seul un être totalement pur, qui aura conquis le Graal, pourra s'y installer. Sinon, le siège le rejettera dans les ténèbres et la terre criera.

Ké et Gauvain frissonnent à cette évocation. Merlin émet un grand rire, et disparaît soudain par la fenêtre. Les deux chevaliers s'étonnent :

— Qu'est-ce qui lui prend ?

— Les enchanteurs aussi connaissent des tourments et des faiblesses, explique Arthur car ils partagent toutes les émotions humaines avec démesure. Souvenez-vous que Merlin est fils d'un diable et d'une femme protégée par le Ciel. Cette double hérédité le rend parfois très fou, et parfois extrêmement sage.

Ké et Gauvain s'émerveillent de la sagesse de leur futur roi lorsqu'ils entendent un craquement. À côté d'eux se dresse une table en marbre rose, ronde, entourée par treize sièges.

Dès l'aube, chevaliers, écuyers, dames et demoiselles viennent de tout le royaume et des pays étrangers pour le couronnement du roi. Les chevaliers habillent Arthur d'une robe entièrement brodée d'or et placent sur sa tête une couronne brillante de pierreries. Guenièvre le rejoint, magnifiquement belle, et tous deux se rendent à l'église. Le chemin est jonché de glaïeuls et de feuilles de menthe lancés par le peuple et parfumé par sept cents encensoirs d'or. L'archevêque, sur le parvis, accueille les deux mains ouvertes le futur roi et la future reine.

À la sortie de la messe, dans ses lourds habits de fête, Arthur s'approche pour la dernière fois de l'enclume où se dresse Excalibur. Sans effort il la retire. Et dès qu'il la porte à sa ceinture, le perron de marbre et l'enclume disparaissent. Certains applaudissent d'allégresse en criant : « vive le roi, vive la reine », d'autres restent silencieux devant tant de mystère.

Il est temps de se réjouir. Par cent trompettes, Arthur fait « sonner l'eau » pour que tous puissent se laver les mains dans des bassins, avant de saisir la nourriture dans les écuelles. Des tables sont dressées de tous côtés : dans la basse cour, dans la haute cour, dans la grande salle du palais où Guenièvre préside, dans la salle ronde du donjon où

Arthur a choisi, parmi ses chevaliers, les plus hardis et les plus preux : Gauvain, Ké, Lancelot, Érec, et sept autres chevaliers. Avec Arthur, ils sont douze.

— Autour de cette table, annonce Arthur, il n'y aura aucune préséance et nous serons tous égaux. À ma droite demeurera toujours un siège vide, en mémoire du Christ. Il est réservé à celui qui aura conquis le Graal, le vase précieux qui recueillit son sang sacré. Demain vous partirez à sa recherche. Chaque année, pour la fête de la Pentecôte, vous reviendrez à Carduel raconter vos aventures.

Alors Gauvain, en qualité de neveu, prononce le serment de chevalerie :

— Je fais serment que jamais dame, demoiselle ou homme ne demandera aide à un chevalier sans l'obtenir et que, si l'un d'entre nous disparaît, les autres, tour à tour, se mettront sans trêve à sa recherche pendant un an et un jour. Je fais serment de partir comme chevalier errant pour découvrir le Graal, et de revenir chaque année à la cour du roi pour la Pentecôte.

L'un après l'autre, les chevaliers de la Table ronde répètent le serment. Puis des serviteurs posent sur la table tous les mets du repas : fromages, fruits, sanglier aux poires cuites, cygne à l'oseille, baleine farcie, saumon sur de grandes tranches de pain, tartes, beignets au miel, fruits. Deux par deux, les chevaliers plongent la main dans une écuelle de terre cuite, tandis que les coupes de vin circulent de l'un à l'autre.

Lorsqu'ils sont repus, des servantes apportent des bassines pour leur permettre de se laver les mains. Alors surgit Merlin, tout joyeux, comme les petits dragons tissés sur sa robe qui se trémoussent de plaisir.

— Mes amis, je viens me réjouir avec vous du sacre d'Arthur et vous apprendre une importante nouvelle. Je sais que beaucoup d'entre vous ont regretté qu'un homme de naissance obscure soit nommé roi de Bretagne.

Merlin a un petit rire en cascade.

— Ils avaient tort, car maintenant je vais vous dévoiler le nom du véritable père d'Arthur.

Les chevaliers attendent avec impatience cette révélation.

— Le père d'Arthur est un roi, le roi Uter Pendragon.

Certains s'esclaffent, croyant que l'Enchanteur leur raconte une histoire de son imagination. D'autres s'étonnent :

— Comment est-ce possible ? demande l'un.

Merlin fait briller ses yeux malicieux.

— C'est un de mes enchantements dont je suis le plus fier. Écoutez bien. Quand il a rencontré Ygerne, la duchesse de Tintagel, Uter Pendragon en devint follement amoureux. Aussi, une nuit, je lui ai donné l'apparence du duc pour qu'il puisse partager le lit de cette belle dame, dont le mari d'ailleurs était en train de mourir après un combat. En échange, j'ai demandé à Uter Pendragon de me donner le bébé qui naîtrait de cette nuit enchanteresse. Ce bébé, je l'ai confié à Antor qui l'éleva avec son fils Ké, et le nomma Arthur. Vous connaissez la suite. Uter Pendragon finit par épouser Ygerne.

— Voilà bien merveille et diablerie ! s'exclame Ké.

Arthur est si ému qu'il sourit avec des larmes.

Après le repas, on ôte les tables et les invités vont se promener dans le verger et la campagne. Les plus nombreux se rendent dans la prairie pour briser des lances. Les dames et demoiselles qui ne trouvent pas de place dans les loges s'installent en haut des tours et s'appuient aux créneaux des murailles pour admirer les tournoyeurs. Le roi Arthur, un bâton à la main, parcourt à cheval les rangs des jouteurs pour maintenir l'ordre et veiller à ce que les combats ne dégénèrent pas. La reine, dans la plus belle loge, ne quitte pas des yeux le chevalier Lancelot du Lac qui joute avec la force et la grâce d'un léopard.

Le lendemain toute la ville résonne du bruit métallique des armes, nettoyées, polies, réparées, et des chevaux que l'on ferre. Déjà une vingtaine de chevaliers ont quitté Arthur, lorsque pénètre dans la grande salle un chevalier, le heaume en tête. À chacun de ses pas cliquettent les mailles de son haubert. Il salue le roi en déclarant :

— Je suis Méléagant, fils du roi de Gorre, Baudemagus.

À ce nom, un silence attentif se fait dans la salle.

— Est-ce toi qui as enlevé des chevaliers, dames et demoiselles de mon pays ? demande Arthur.

— C'est moi en effet. Ils sont enfermés dans mes châteaux. Es-tu prêt à les délivrer ?

— Certainement.

— Alors, laisse-moi emmener la reine dans le bois des chênes centenaires. Là, si un chevalier ose se battre contre moi et en sort vainqueur, il reviendra avec ta femme. Sinon, je les emmènerai tous deux dans mon royaume.

Il se dirige vers la porte et se retourne pour préciser :

— J'attends ta réponse dans le bois.

Lancelot, rouge d'indignation, s'écrie :

— L'insolent ! Oser faire courir un tel danger à la reine ! Un chevalier n'est jamais certain de gagner un combat.

— Je partage ton avis, précise Gauvain. Ce que Méléagant propose est inacceptable. Nous trouverons un autre moyen pour délivrer les prisonniers.

Tous sont si alarmés que personne ne remarque la discrète disparition de Ké.

Le sénéchal rejoint la reine qui discute dans le verger avec quelques dames. Il la trouve assise sur une botte de paille recouverte d'une belle broderie.

— Guenièvre, je viens te dire adieu. Aujourd'hui je quitte la cour du roi Arthur et ne reviendrai jamais.

— Est-ce une plaisanterie ?

— Je ne suis pas homme à plaisanter. Je m'en irai dès ce soir.

— Le roi Arthur en sera fort chagrin, dit la reine. D'où vient cette subite humeur ?

— Dame, je ne peux le dire et je ne peux rester davantage.

Songeant à la peine qu'aura Arthur de ce départ, Guenièvre insiste, supplie et finit par se mettre à genoux.

— Reste, Ké, souviens-toi de ton enfance avec Arthur et des bienfaits dont il te comble.

Ké prend un air dramatique pour déclarer :

— J'accepte de rester à une seule condition.

— Laquelle ?

— C'est que toi et le roi vous me fassiez un don.

La reine hésite. Faire un don, accepter par avance une requête inconnue, présente un risque. Aussi Guenièvre reste longtemps indécise. Puis elle songe à son mari qui sera si désolé du départ de Ké car il a promis à Antor de ne jamais se séparer de son frère, malgré son mauvais et rusé caractère. Enfin elle décide :

— Nous te donnerons ce que tu demanderas.

Ké, un sourire triomphant aux lèvres, accompagne la reine jusque dans la grande salle.

Ils sont encore nombreux, assis sur de longs bancs, ou par terre, sur des tissus posés sur les fleurs.

— Sire, dit le sénéchal gravement, je ne te quitterai pas.

— Tu voulais me quitter ? demande Arthur en riant.

— Je ne te quitterai pas grâce au don de la reine.

Une ombre passe sur le visage du roi. La reine est pressée de savoir.

— Que demandes-tu, Ké ?

— Je demande à partir avec Guenièvre pour rencontrer Méléagant dans le bois des chênes centenaires.

Le couple royal blêmit. La colère brille dans les yeux d'Arthur, des larmes descendent sur les douces joues de Guenièvre. Les chevaliers sont consternés. Tous savent que le sénéchal, par jalousie, demande toujours la bataille pour prouver qu'il est le meilleur d'entre eux. Ce qu'il n'est pas malgré sa haute taille et son beau visage.

— Guenièvre, quelle folie tu as faite ! constate amèrement le roi.

— Vous n'allez pas la laisser partir ! s'indigne Lancelot.

— Nous n'avons pas le choix. Un don ne se reprend pas dans la chevalerie.

Avec un soupir il ajoute :

— J'ai grande peine, ma chère femme, que tu t'en ailles.

Ké le réconforte :

— N'aie aucune crainte, je gagnerai et ramènerai Guenièvre saine et sauve dès ce soir.

Tous connaissent la vantardise de Ké, tous savent que Méléagant est un adversaire redoutable.

— Qu'on prépare les chevaux, ordonne Arthur.

Dans la cour, des écuyers arment le sénéchal et préparent son destrier. Avant de monter sur son palefroi, la reine, en larmes, murmure :

— Arthur, tu ne devrais pas laisser Ké m'éloigner d'ici.

Lancelot, resté près d'elle, l'entend et murmure à son tour :

— Chère dame, je ne permettrai pas à cet étranger de vous garder longtemps.

À peine Guenièvre et Ké ont-ils franchi le pont-levis que Gauvain dit au roi :

— Mon oncle, je m'étonne de votre conduite ! Vous avez agi comme un enfant !

— Nous sommes tous égaux, répond Arthur. Les lois de la chevalerie s'appliquent à tous, même au roi.

— Permettez au moins que nous nous rendions dans le bois pour savoir comment se déroule le combat et ce que devient la reine.

Arthur répond :

— Pars vite, mon neveu. Commande que l'on sorte et qu'on selle les chevaux. Je vous attendrai la crainte au cœur.

Lorsque la petite troupe de chevaliers s'approche du bois aux chênes centenaires, il est trop tard. Le cheval de Ké, sans cavalier, les rênes rompues, les arçons lacérés, les étriers couverts de sang, sort en boitant de la forêt.

— Ké s'est fait battre, conclut l'un.

— La reine est prisonnière ! s'écrie Lancelot.

— Que certains préviennent le roi et que d'autres tentent de rattraper Méléagant, décide Gauvain. Que chacun choisisse son chemin !

Lancelot s'élance le premier, et traverse si rapidement la forêt qu'il n'aperçoit pas le filet accroché entre deux troncs d'arbre pour arrêter un sanglier. Son cheval, lancé au grand galop, accroche ses pattes de devant, bascule, jette à terre son cavalier et se couche sur le côté. Vainement Lancelot tente de remettre debout son destrier. Il part à pied, toujours armé, le heaume lacé, l'écu au cou, l'épée ceinte, équipement ridicule pour marcher, et fort étouffant sous le soleil. Il dort à la belle étoile, et le bruit de roues cahotant sur les cailloux le réveille. Il se lève et s'arme, espérant trouver du secours. Or c'est une bien étrange charrette qui s'approche. Elle est basse, étroite, conduite par un nain.

« C’est la charrette pour les malfaiteurs afin que tous les voient et les méprisent », songe Lancelot avec une grimace de dégoût.

Lorsque le nain est à portée de voix, il demande :

— Nain, par hasard n’aurais-tu pas vu passer ici la reine Guenièvre ?

Le nain laisse échapper un rire sardonique.

— Tu sauras ce que la reine est devenue… si tu montes sur ma charrette.

À l’idée d’être exposé aux yeux de tous comme bandit, meurtrier ou traître, le chevalier hésite. Entre la honte et l’amour, son cœur balance. L’amour finit par l’emporter : qu’importe la honte si bientôt il sauve Guenièvre !

— Je monte, dit-il au nain qui aussitôt ricane.

Dans l’après-midi, ils croisent Gauvain sur le chemin de l’aventure.

— Nain, donne-moi des nouvelles de la reine, si tu en as ?

— Si tu veux monter avec ce chevalier-là, dit-il en montrant son voyageur, je vous conduirai tous deux.

— Lancelot ! Quelle folie as-tu faite ? Pourquoi ?

Et se tournant vers le nain :

— Jamais je ne m'assiérai dans ta charrette pour malfaiteur, mais je vais te suivre pour connaître le lieu où se trouve Guenièvre.

Sur son destrier il chevauche près de son ami, qu'il ne veut pas abandonner.

En fin d'après-midi, ils arrivent devant un très puissant château. Tous trois empruntent le pont-levis et entrent par la grande porte. À l'intérieur des remparts, la population de la basse cour se précipite pour dévisager le chevalier dans la charrette. Des enfants aux vieillards, hommes et femmes l'insultent à gorge déployée :

— Brigand ! Massacreur ! Assassin ! Voleur !

— Pourvu que tu sois pendu !

— Plutôt brûlé sur un feu d'épines !

Lancelot tient la tête baissée, tandis que la colère gronde dans son cœur.

— Dis-nous, le nain, que feras-tu de ce mécréant ? demande un homme corpulent.

Le nain ne répond à personne et conduit sa charrette jusqu'au donjon, de l'autre côté du château. Là, il fait descendre Lancelot et s'en va.

Au grand étonnement des deux chevaliers, c'est une demoiselle qui les accueille.

5

Le Pont de l'Épée

— J'aime ce pays où toujours des demoiselles surgissent sans que l'on sache d'où elles viennent ni où elles vont ! s'exclame Gauvain.

Celle-ci, au nez en trompette, les reçoit fort aimablement. Elle fait signe à deux écuyers de désarmer les voyageurs et de les habiller de manteaux de soie. Puis elle convie ses hôtes à souper. Gauvain parle beaucoup, Lancelot reste muet. Après avoir ôté la table les serviteurs tirent la tapisserie qui séparait la pièce en deux. De l'autre côté se trouvent deux lits hauts et longs et un troisième plus riche encore : couette de plume très rembourrée, draps de soie, couverture bordée de zibeline, une vraie couverture de roi.

— Vos corps se reposeront bien dans ces deux lits confortables, dit la demoiselle. Mais le troisième n'est pas fait pour vous. Vous ne sauriez y dormir agréablement.

Lancelot, toujours furieux d'avoir été insulté lorsqu'il se trouvait dans la charrette, répond avec humeur :

— Et pourquoi ce lit me serait-il défendu ?

La demoiselle lui répond sur le même ton :

— Tu n'as pas le droit de poser des questions car tu es monté dans la charrette. D'ailleurs si tu couches dans ce lit richement paré, tu le regretteras.

— Pourtant tu me verras dessus.

— Vraiment ? s'étonne la demoiselle.

— Vraiment ! Je veux me reposer uniquement dans ce lit-là.

Et sans ajouter un mot, l'air buté, il se déchausse, roule sa chemise sous l'oreiller, se couche dans les draps de soie sous la couverture bordée de zibeline. Il s'endort aussitôt, fatigué par ce long, inconfortable et pénible voyage.

Vers minuit, une lance jaillit d'une poutre du plafond et tombe le long de son torse. Elle passe si près de sa peau qu'il s'en faut de peu qu'elle couse la poitrine avec la couverture. À l'autre extrémité de la lance, pend une banderole en flamme, dont un morceau tombe sur le lit et met le feu aux draps. Tranquillement Lancelot s'assied, saisit la lance, la projette au milieu de la salle, éteint le feu et se rendort paisiblement.

Le matin, la demoiselle au nez en trompette réveille ses hôtes pour se rendre à la messe. Lancelot est distrait et songe à la reine, Gauvain songe au Graal qu'il faut rapporter à Arthur et au joli nez de leur hôtesse. La messe une fois chantée, Lancelot regarde mélancoliquement par la fenêtre lorsqu'il voit passer une escorte conduite par Méléagant.

— C'est la reine ! s'exclame-t-il.

Aussitôt il s'apprête à sauter par la fenêtre, malgré le grand vide sous ses pieds, lorsque Gauvain l'attrape sous les aisselles.

— De grâce, reste tranquille ! Ce serait pure folie de mourir !

— Si, si, déclare la demoiselle, moitié riant, moitié fâchée que le chevalier ait dormi dans le grand lit. Puisqu'il est monté dans une charrette, il est juste qu'il souhaite mourir. Sa vie est désormais honteuse, méprisable et malheureuse.

Lancelot jette un regard noir à la jeune fille. Gauvain essaie d'arranger la situation.

— Douce demoiselle, dis nous comment se rendre au pays de Gorre, où la reine sera prisonnière comme les autres habitants du royaume d'Arthur.

— Entrer dans le pays de Gorre, sans la permission du roi Baudemagus, est une affaire très téméraire. L'accès n'en est possible que par deux passages. L'un s'appelle « Le Pont dessous l'eau », l'autre s'appelle « Le Pont de l'Épée ». Tout droit, le chemin mène au premier pont, et celui de gauche au « Pont de l'Épée ».

Lancelot se tourne vers son compagnon.

— Je te laisse choisir. Prends le chemin que tu préfères.

— Ils me paraissent tous les deux périlleux. Mais puisque tu m'en donnes le choix, je prendrai « Le Pont dessous l'eau », décide Gauvain.

— J'irai donc au « Pont de l'Épée ».

Deux jours plus tard, après avoir chevauché sans trouver d'aventure, Lancelot arrive au bord de la rivière qui charrie une eau rapide, noire et épaisse comme un fleuve de l'enfer. Le chevalier prend une longue branche d'arbre pour en jauger la profondeur, mais le fond est si lointain que la branche n'arrive pas à l'attcindre. De toute évidence nager dans cette eau tourbillonnante conduit à la noyade. Un peu plus loin, il aperçoit le pont. Jamais il n'en vit, ni même n'en imagina de semblable. Entre les deux rives s'étend une épée, de la longueur de deux lances, accrochée de chaque côté dans l'anfractuosité d'un arbre. La lame est posée verticalement, de telle sorte que la traversée s'effectue sur son fil aigu et tranchant. Enfin, de l'autre côté, deux lions rugissants sont enchaînés à une grosse pierre.

Devant tant d'obstacles, Lancelot évoque Guenièvre, son visage radieux, sa démarche gracieuse, sa voix si douce. Oui, pour revoir cette dame admirable il affrontera cette périlleuse épreuve. Plutôt mourir que de reculer. Il enlève ses souliers et ses chausses, pour mieux tenir sur le fil, car il se noierait en tombant dans l'eau tourbillonnante. Il fait un pas, et la lame s'enfonce dans son pied. Puis un autre pas. Un autre encore. Le sang glisse sur l'acier en filets réguliers avant de tomber dans la rivière. Au milieu du pont, ses pieds le font tellement souffrir qu'il ne peut plus avancer. Alors il se met à quatre pattes, s'appuyant sur ses mains et ses genoux, à leur tour entaillés et sanguinolents. La traversée lui paraît sans fin, la rive inaccessible, d'autant plus que les rugissements des lions sont de plus en plus furieux. Enfin il met une main sur la terre ferme, et s'apprête à affronter les lions, lorsque les deux fauves disparaissent subitement. Il n'y a plus que deux petits lézards, effrayés, qui s'enfuient.

Lancelot s'assied et étanche avec sa chemise le sang qui coule de ses plaies. Il s'allonge en fermant les yeux.

« Pourvu que je ne perde pas tout mon sang », songe-t-il avant de s'évanouir.

Près de là s'élève une tour appartenant au roi Baudemagus. De la plus haute fenêtre, le roi a suivi la traversée du pont et s'en émerveille.

— Jamais je n'ai vu un chevalier si vaillant, dit-il à son fils. Ce serait dangereux pour toi de combattre avec lui. Rends-lui la reine. Tu sais bien qu'il vient ici la chercher. Comporte-toi de manière raisonnable et courtoise.

— Je ne rendrai pas la reine. Je la défendrai contre tous. D'ailleurs, Père, vous pouvez dire tout ce que vous voulez, je n'en tiendrai aucun compte. Pourquoi céderai-je à un autre celle que j'aime ?

— Tu refuses de m'obéir ? s'indigne Baudemagus.

— Oui.

— Alors tu verras ce qui t'arrivera, dit le roi attristé. Moi, je vais venir en aide à ce preux chevalier, qui mérite de repartir avec Guenièvre.

Le roi se hâte de descendre l'escalier en colimaçon pour aider Lancelot. Il lui passe de l'eau sur le front pour le ranimer.

— Sois le bienvenu ! dit-il. Tu es le premier à accomplir l'exploit de traverser ce pont.

En serrant les dents de douleur Lancelot se met péniblement debout et s'incline.

Ému, le roi ajoute :

— J'ai une grande admiration pour ta bravoure et n'en ai jamais vu de semblable. Aussi je veux t'aider. Je sais que tu viens chercher la femme d'Arthur.

— Sire, vous ne vous trompez pas. La reine est la cause de ma venue ici. Sachez que cette dame remplit mon cœur et que pour elle il n'y a aucune épreuve que je ne puisse tenter.

— Auparavant, tu dois soigner tes blessures. Je ferai chercher le baume des Trois Mariés qui te guérira rapidement.

Mais Lancelot est impatient de retrouver Guenièvre.

— Où se trouve la reine ?

— La reine demeure dans une aile de mon château. Des écuyers t'allongeront dans un bouclier pour t'y conduire.

— Quand la rencontrerai-je ?

— Ne te fais pas de souci pour elle. Elle est fort bien traitée et refuse d'être aimable avec mon fils. Après ta guérison, je te donnerai un cheval et des armes pour combattre Méléagant. S'il plaît à Dieu, tu sortiras vainqueur de ce combat.

— Je ne veux pas attendre un seul jour. Mes plaies ne m'empêcheront pas de donner des coups et d'en recevoir. Que le combat commence demain.

Le roi est consterné.

— C'est une folie de se battre dans ton état. Mon fils est un chevalier fort et hardi, très craint dans les tournois. Sans doute le meilleur chevalier de mon royaume.

Lancelot répète d'une voix lasse :

— Je veux combattre demain.

— C'est moi qui, ici, donne les ordres, s'énerve le roi. Demain est un samedi, et la paix de Dieu interdit de combattre la veille du jour du Seigneur. Tu combattras lundi, au lever du soleil. Dans le pré proche de mon château.

Bercé dans le bouclier, Lancelot s'endort jusqu'à la demeure du roi.

Des courriers à cheval annoncent dans tout le pays de Gorre l'affrontement qui aura lieu le lundi suivant. Les habitants se réjouissent de voir un spectacle aussi exceptionnel et beaucoup d'entre eux souhaitent la défaite de Méléagant, connu pour ses ruses et ses trahisons. Quant aux prisonniers, ils sont pleins d'espérance. Car si une seule personne du royaume de Gorre arrive à s'échapper, tous auront le droit de s'en aller. Mais si Lancelot est vaincu, comme les autres il restera en servage et en exil.

Prévoyant une grande affluence, des serviteurs montent les loges et les barrières pour les spectateurs. Beaucoup arrivent pendant la nuit, et derrière les palissades, se disputent pour obtenir la meilleure place. Aux fenêtres du château, sur les toits du pigeonnier, des granges, des écuries, les paysans s'agglutinent. Une heure après le lever du jour, des exclamations jaillissent lorsque sont amenés dans le pré les deux chevaliers tout armés, sur des destriers larges et puissants.

Méléagant est de grande taille et de belle prestance. Lancelot paraît plus petit et plus mince. Ils s'apprêtent à engager le combat, lorsque Baudemagus se hâte de les rejoindre.

— Chevaliers, je vous en conjure, faites la paix. La mort de l'un ou de l'autre me ferait grande peine.

Méléagant est exaspéré.

— Père, il est inutile d'insister et de retarder ce combat. Tu ferais mieux de quitter ce pré au plus vite.

— Au moins, dit le roi, ayez la bonté de retenir vos chevaux pour me laisser le temps de monter dans la grande salle.

En haut de l'escalier en colimaçon, le roi arrive un peu essoufflé. Guenièvre est déjà installée près d'une fenêtre, assise sur un banc de pierre taillé dans l'épaisseur de la muraille.

Elle est trop inquiète pour engager une conversation. Elle se contente de sourire en saluant de la tête et surveille le pré. De nombreux captifs du royaume d'Arthur ont les mains jointes et prient Dieu de soutenir le courage et les armes de Lancelot. Beaucoup aussi du royaume de Gorre qui détestent le fils du roi, souhaitent la victoire du Breton.

Dès qu'ils aperçoivent Baudemagus à la fenêtre, les deux combattants font reculer tous ceux qui ont franchi les barrières pour mieux profiter du spectacle.

Au signe donné par le héraut, les deux chevaliers partent au grand galop et plongent leurs lances si fort contre les boucliers qu'elles se brisent. Dans leur élan les adversaires se heurtent poitrine contre poitrine, bouclier contre bouclier dans un bruit qui résonne comme un éclat de tonnerre. Dans le corps à corps qui s'ensuit, les étriers, les rênes, les arçons se rompent et les cavaliers tombent à terre. D'un seul bond, ils se redressent et se battent comme deux sangliers. Les épées virevoltent, frappent avec une extrême brutalité tant la haine des deux adversaires est implacable.

Il semble toutefois aux spectateurs que les coups portés par Lancelot sont moins assurés. Ils craignent les conséquences de ses blessures et certains le croient déjà vaincu.

Volant au secours de la victoire, quelques hommes crient :

— Vive Méléagant ! Que Dieu te protège !

Près de la reine se tient une demoiselle aux taches de rousseur, qui, ayant deviné le grand amour du chevalier à la charrette, pense qu'il retrouverait des forces s'il savait que la reine le regarde. Elle s'adresse à Guenièvre et demande :

— Connaissez-vous le nom de ce chevalier blessé ?

— Demoiselle, il a nom Lancelot du Lac.

Alors la demoiselle qui a une voix aiguë et vibrante hurle :

— Lancelot, retourne-toi et vois qui s'inquiète !

Lancelot se retourne et aperçoit celle dont il espérait tant la présence. Fasciné comme les papillons par la lumière, il se bat sur le côté et par-derrière pour ne pas la quitter des yeux.

Méléagant et toute l'assistance concluent que le chevalier ne sait plus se défendre. Certains du pays de Gorre se réjouissent, tandis que les exilés captifs, de désespoir, tombent à genoux.

Alors la demoiselle aux taches de rousseur s'écrie :

— Lancelot, cesse de jeter tes coups en arrière, tourne-toi.

Une grande honte envahit le cœur du chevalier. Il comprend qu'il va perdre, que tout le monde s'en aperçoit, Guenièvre la première. Emporté par la haine et l'amour, il devient comme un fou furieux. Il saute, il contourne, il frappe de tous côtés son adversaire qui tente de se dérober. Il ne lui en laisse pas le temps. Avec une hardiesse admirable, animé par la grande flamme de l'amour, il mène Méléagant où il veut dans la lice.

Baudemagus s'alarme de voir son fils en piteuse situation. Il aimerait bien arrêter le combat. Pour cela il lui faut l'accord de Guenièvre.

— Dame, je vous ai toujours beaucoup aimée, beaucoup servie et honorée depuis que je vous ai en mon château. Aussi je vous prie de me récompenser. Je veux vous demander un don que vous devriez me consentir au moins par grande amitié. Mon fils a le dessous dans ce combat, et je crains que Lancelot ne le tue. Aussi, je vous en supplie, demandez à Lancelot qu'il cesse de frapper. Ainsi vous me récompenseriez.

— Beau sire, puisque vous m'en priez, je le veux bien. Certes, pour votre fils, j'éprouve une haine mortelle, mais vous m'avez si bien servie que pour votre plaisir, j'accepte de dire à Lancelot de laisser vivre son adversaire.

Qui aime obéit, et Lancelot se soumet au désir de la reine. Il n'affronte plus son rival. Ce dernier devine que son père a intercédé en sa faveur, le croyant déjà vaincu. Son cœur se gonfle de honte et de colère et il continue à poursuivre Lancelot qui l'évite. Baudemagus aussitôt redescend dans le pré.

— Comment oses-tu frapper celui qui ne combat plus ? demande-t-il à son fils. Tu es trop cruel et traître. Nous savons que Lancelot est ton vainqueur.

Déchaîné par la honte, Méléagant répond :

— Certainement pas. Père, vous voyez mal, sans doute pas du tout. Il faut être aveugle pour ne pas s'apercevoir que je suis le vainqueur.

— Cherche quelqu'un qui te croie ! Tous les gens ici savent la vérité.

Et s'adressant aux barons :

— Maintenez Méléagant et obligez-le à reculer. Et toi, mon fils, de par Dieu il te faut maintenant faire la paix, rendre la reine, et cesser toute querelle.

— Vous dites une grande sottise ! J'en ai assez de vous entendre ! Fuyez ! Laissez-nous combattre ! Ne vous mêlez plus de cette affaire !

— Je m'en mêlerai, répond le roi, car sinon Lancelot te tuera !

— Lui ? Me tuer ? C'est moi qui le tuerais si vous ne veniez pas nous déranger sans cesse.

Baudemagus est accablé :

— Ta folie et ton orgueil te feront mourir et c'est folie de désirer la mort. Je sais bien que tu me hais parce que je veux te garder vivant, car si tu mourais j'en aurais une trop grande peine.

Méléagant se calme progressivement.

— Je veux bien faire la paix et rendre la reine à Lancelot, mais à une condition.

— Laquelle ?

— Qu'au bout d'un an, quand je le demanderai, nous ferons un nouveau combat.

— J'accepte, dit Lancelot. Mais cette autre bataille aura lieu à la cour d'Arthur, roi de Bretagne et de Cornouailles.

Méléagant n'est pas encore satisfait.

— Si je gagne la prochaine fois, j'aurai le droit d'emmener la reine, et personne ne s'y opposera.

— Je m'y engage, dit Lancelot, si la reine accepte cette condition.

Baudemagus remonte dans le château et redescend pour annoncer l'accord de la reine. Alors les barons éloignent les combattants et les désarment.

Les prisonniers se précipitent aussitôt pour entourer Lancelot, le toucher, l'embrasser, le remercier de les avoir libérés. Mais la seule personne qui importe au vainqueur est Guenièvre. Aussi se dirige-t-il vers le roi.

— Sire, je vous prie de me permettre de saluer la reine.

— Volontiers. Et vous verrez aussi Ké, le sénéchal.

— Quel bonheur ! Je craignais qu'il n'ait succombé à ses blessures.

Dans la grande salle, ils sont nombreux à entourer la reine et à la féliciter de pouvoir s'en retourner auprès d'Arthur. Elle répond joyeusement à tous jusqu'à ce qu'elle aperçoive Lancelot. Aussitôt son visage se ferme et elle détourne la tête.

— Dame, dit le roi, voici Lancelot qui vient vous voir, ce qui certainement doit vous plaire.

— À moi, Sire ! répond la reine indignée ! Cela ne peut me plaire ! Je n'ai que faire de le rencontrer.

Baudemagus ne cache pas son étonnement.

— Madame, quelle humeur est la vôtre ! Pourquoi ce mépris pour un homme qui s'est mis en danger mortel pour vous défendre et vous libérer ?

— Vraiment, répond la reine d'un ton insouciant, ce chevalier a perdu son temps et je ne lui ai aucune reconnaissance.

Lancelot, transpercé par ses paroles, répond humblement.

— Dame, vous m'accablez. Puis-je vous demander pourquoi…

Sans écouter la fin de la phrase, la reine s'éloigne. Lancelot la suit des yeux et du cœur, tandis qu'elle quitte la salle et entre dans sa chambre.

— Je suis bien étonné, déclare le roi. Pourquoi la reine ne veut ni vous voir ni vous parler. Quel reproche a-t-elle à vous faire ?

— Sire, je ne m'y attendais pas. Il est certain qu'elle me déteste.

— Elle a tort. Souhaitez-vous parler au sénéchal ? Il sera certainement heureux de vous revoir.

— Avec le sénéchal, on ne peut rien prévoir, soupire Lancelot.

6

La fontaine aux maléfices

L'accueil n'est pas plus aimable. En apercevant son compagnon, Ké s'écrie :

— Va-t'en ! Tu me fais honte.

Le sénéchal, couché dans la chambre de la reine, porte un gros pansement sur la hanche et un autre sur la cuisse.

— Quelle honte te fais-je ? demande Lancelot.

— C'était à moi de défendre la reine et de battre Méléagant. J'y serais arrivé. Et à cause de toi ce n'est plus possible. Tu m'as volé la victoire.

Lancelot, habitué aux paroles blessantes du sénéchal et à sa vantardise, change de conversation.

— Souffres-tu beaucoup de tes blessures ?

— Énormément. Certainement je serais mort si Baudemagus ne m'avait soigné avec douceur. Il souhaite ma guérison, alors que son fils veut ma mort. Imagine-toi que Méléagant vient mettre sur mes plaies des onguents qui les crevassent et les font saigner. Ensuite son père me panse, mais le traître vient enlever les bonnes pommades pour m'en mettre de mortelles.

Il ajoute méchamment :

— Enfin toi aussi tu souffres ! On dit que Guenièvre est en grand courroux contre toi et refuse de te parler. Certainement elle aurait préféré que ce soit moi qui la délivre.

Lancelot est trop malheureux pour évoquer la reine et se contente de dire :

— Maintenant tu vas rentrer avec tous les autres chez Arthur. Il s'occupera bien de tes blessures.

Ké a un petit rire moqueur.

— Je rentrerai avec Guenièvre. Mais pas toi. Elle ne veut pas cheminer en ta compagnie. Elle ne rentrera chez son époux que lorsque Gauvain viendra la chercher.

Lancelot s'énerve.

— Chacun fera ce qu'il voudra : revenir maintenant avec moi ou plus tard avec la reine. Moi je vais chercher Gauvain. Il devait se rendre au « Pont dessous l'eau ».

— Que le Ciel vous protège tous les deux.

Partout est portée la nouvelle que la reine est délivrée avec tous les captifs. Dans tout le pays de Gorre les prisonniers sont en liesse. Ils acclament Lancelot comme leur sauveur. Mais celui-ci a le cœur lourd à la perspective de partir sans avoir revu Guenièvre.

La veille de son départ, une demoiselle vient pourtant le trouver.

— Ma dame souhaite vous dire au revoir. Vous la trouverez dans le verger, sous les pommiers, à l'heure du crépuscule.

Ces quelques mots enflamment de joie le cœur du chevalier. La journée lui paraît interminable. Enfin le soleil décline, des nuages roses traînent dans le ciel, et Guenièvre apparaît, merveilleusement belle. En riant, elle lui lance une pomme encore verte.

L'amoureux l'attrape et demande :

— Ma dame, pourquoi il y a deux jours, étiez-vous si furieuse et ne me dites pas un seul mot. Vous m'avez blessé à mort. De quelle faute suis-je coupable ?

— Ne le devines-tu pas ?

— Pas le moins du monde.

La reine s'empourpre :

— Tu as hésité, l'autre jour, à monter dans la charrette qui devait te conduire jusqu'à moi.

— C'est vrai, avoue Lancelot. Est-ce pour cela que vous avez été si cruelle.

— Oui. Ta crainte du déshonneur fut un instant plus forte que ton amour. C'est là bien mal m'aimer que de m'avoir préféré pendant quelques secondes ta réputation de meilleur chevalier du monde.

— J'avoue ma faute, et à l'avenir, croyez que toujours j'obéirai à vos ordres, fût-ce au détriment de ma gloire.

— Je te donnerai un jour l'occasion de le prouver.

Guenièvre sourit, comme seul un ange saurait le faire, et le cœur de Lancelot se remplit de délices.

— Ma dame, je voudrais vous parler plus longtemps et plus tranquillement.

Alors la reine lui montre une fenêtre et dit :

— Viens me parler à la fenêtre, cette nuit quand tous dormiront. Passe par le verger.

— J'y serai.

— Tu ne pourras entrer à cause des barreaux, mais nous nous toucherons par la bouche et par les mains.

— Ne vous inquiétez pas, je saurai tordre les barreaux sans faire le moindre bruit.

Avec regret la reine précise :

— Ké est installé dans ma chambre à cause de ses blessures. Nous ne pourrons nous y retrouver tranquillement.

Quelques heures plus tard, sous la clarté d'une demi-lune, Lancelot grimpe sur les aspérités des pierres du château, et s'efforce de courber les barreaux de la fenêtre pour se faire un passage. Ses doigts se blessent et saignent. Peu importe, l'amour lui donne la force d'un dieu.

Dans la pièce le sénéchal dort. La reine tend ses bras au jeune chevalier et le serre contre son cœur. Et ce furent des baisers et des caresses échangés jusqu'à l'aube. Jamais Lancelot ne fut plus heureux, jamais la reine ne fut plus émue. Mais l'aube blanche oblige Lancelot à quitter la chambre du bonheur, laissant là son cœur, tandis qu'il rebrousse chemin, réajuste les barreaux et saute dans le verger.

Il est temps maintenant de partir à la recherche de Gauvain. Beaucoup d'anciens prisonniers se joignent à Lancelot et chevauchent avec lui de longues journées. Lorsqu'ils atteignent la rivière noire, rapide et profonde, la nuit est presque tombée.

— Le pont ne doit plus être loin. Nous le chercherons demain, déclare Lancelot. Campons ici.

Alors surgit un beau palefroi, monté par un nain bossu, qui s'efforce de sourire et demande :

— Lequel d'entre vous se nomme Lancelot ?

— C'est moi.

— Noble chevalier, je suis un ami. Suis-moi jusqu'à un manoir où on te donnera de bons conseils pour sauver Gauvain. Aie confiance en moi, mais viens seul.

Les compagnons de Lancelot l'engagent à se méfier, mais le chevalier, d'un caractère confiant et généreux, n'imagine pas de traîtrise dans le cœur des autres. Il suit donc le nain.

Le lendemain ses compagnons l'attendent toute la journée. Puis la nuit. Puis la journée suivante. Ils se tourmentent et se reprochent de ne point avoir empêché Lancelot de suivre le traître. Ils ne savent dans quelle direction se diriger.

— Allons d'abord trouver Gauvain, dit l'un. Il décidera de la conduite à suivre.

Le « soleil de la chevalerie », si fier, si hardi, si courtois avec les demoiselles, a été, sur le « Pont dessous l'eau », renversé par le courant. Depuis il flotte, tantôt surnage, tantôt coule. Parfois il disparaît sous l'eau noirâtre et les compagnons le perdent de vue. Il réapparaît un peu plus loin. On lui tend des branches et des rames, pour le ramener au bord. Là on lui enlève ses armes toutes rouillées. On le déshabille, on l'allonge et on appuie sur sa poitrine pour faire dégorger toute l'eau qu'il a bue. Son ventre gargouille et, telle une poupée de caoutchouc, gonfle et dégonfle. Enfin sa respiration reprend de manière saccadée et, dans un hoquet, un mot sort de sa bouche :

— Reine ?

— Elle est sous la protection du roi Baudemagus, fort courtois et prévenant à son égard.

— Lancelot ?

— Il était avec nous il y a quelques jours, mais un nain l'a emmené on ne sait où.

Gauvain se redresse lentement sur ses jambes :

— Allons le chercher immédiatement.

Un compagnon suggère :

— D'abord, il faut ramener la reine à Arthur. Ensuite le roi enverra des chevaliers à sa recherche.

— Tu as raison. Partons et trouvez-moi un cheval, car le mien est resté sur l'autre rive.

Guenièvre, le cœur navré, fait cependant bonne figure pour accueillir Gauvain. Celui-ci lui trouve une pâleur étrange qui nuit à sa beauté. Le roi Baudemagus s'inquiète à son tour de la disparition de Lancelot et envoie des messagers par tout son royaume pour le retrouver. En vain. Une grande tristesse s'abat sur les habitants du château, lorsque arrive un jeune garçon qui donne une lettre au roi. Celui-ci s'empresse de dérouler le parchemin et le tend à un moine sachant lire. Celui-ci annonce à haute voix :

— « Lancelot salue le roi. Il le remercie des honneurs qu'il lui a accordés ainsi que de tous ses bienfaits. Il se trouve maintenant en bonne santé auprès du roi Arthur. Il prie la reine, et Ké le sénéchal, et Gauvain de s'en retourner sans tarder. Le roi tient sa cour dans le château de Logres. »

Cette nouvelle est accueillie avec grande joie et dès l'aube du lendemain, les derniers exilés chevauchent jusqu'à la frontière du royaume. Là, après avoir remercié le roi Baudemagus, chacun retrouve avec bonheur le royaume de Bretagne.

Une semaine plus tard, un long cortège de chevaliers et de paysans s'avancent à la rencontre des anciens prisonniers. On crie :

— Bienvenue à Messire Gauvain qui nous ramène la reine et les captifs.

— Loué soit le chevalier Gauvain !

Fort étonné et fort modestement, Gauvain répond :

— Vous n'avez aucune raison de me faire des louanges. C'est Lancelot qui est arrivé le premier auprès de la reine et a délivré les prisonniers.

— Pourquoi n'est-il pas avec vous ? demande un messager d'Arthur

— Où se trouve-t-il ? insiste un autre.

Gauvain devine un piège.

— Il n'est pas à la cour du roi ?

— Ni là, ni dans aucun endroit du pays, explique le messager. Nous n'avons aucune nouvelle de lui.

La reine gémit :

— La lettre débitait des mensonges.

Beaucoup sont tristes, mais Arthur est si heureux de retrouver sa femme, qu'il se soucie peu de la disparition de Lancelot.

Quelques mois plus tard, à Carduel, pour la fête de la Pentecôte, tous les chevaliers reviennent à la cour raconter leurs exploits. Dans la ville, des enfants jusqu'aux vieillards, on se répète les aventures des uns et des autres, et l'échec de la conquête du Graal.

Un jeune chevalier, Yvain, récemment adoubé à la cour d'Arthur, écoute avec une grande attention les prouesses des gentilshommes. Il se sent intimidé et honteux de n'avoir aucun véritable exploit à raconter, seulement une longue lutte avec un sanglier et le sauvetage d'une demoiselle tombée dans un profond fossé. Bien peu de chose en vérité.

Un soir de pluie, dans la grande salle où se réfugie la cour, tous écoutent un cousin d'Yvain. Les uns sont assis par terre sur les fleurs, d'autres sur des bottes de paille recouvertes d'un tissu, d'autres sur les longs bancs, Guenièvre et Arthur sur des fauteuils. L'aventure racontée est passionnante. Elle s'est déroulée en Petite Bretagne, près d'une fontaine maléfique, et contre un cavalier si hardi, que le cousin dut fuir en abandonnant ses armes.

— J'irai te venger, s'écrie le jeune Yvain, enthousiaste.

Ké, le sénéchal, aussitôt se moque :

— Ce sont là propos d'un estomac trop rempli de viandes et de vin. N'oublie pas, jeune homme, d'astiquer ta lance et ton épée ! Il me plairait d'assister à ton martyre.

— Ké, dit la reine, ta méchante langue ne s'arrêtera donc jamais ! Tu es odieux de traiter ainsi ce jeune homme.

Arthur fait un geste de la main pour atténuer la querelle, content d'entendre une nouvelle aventure.

— Nous nous rendrons ensemble auprès de cette étonnante fontaine dans quelques semaines, après la fête de saint Jean-Baptiste, dit-il.

Tous se réjouissent, sauf Yvain. Il veut affronter seul les maléfices de la fontaine et retirer toute la gloire d'un combat périlleux. Il sait bien qu'en compagnie d'Arthur, Ké demandera la bataille le premier, que le roi ne la lui refusera pas, et enverra Gauvain si le combat devient trop dangereux.

Il décide donc de partir seul, à ses risques et périls. Dès l'aube, il appelle son écuyer :

— Mon ami, apporte-moi dans le plus grand secret, au petit bois derrière la maison, mon cheval bien ferré et mes armes.

— Seigneur, il pleut à verse.

— Peu importe. Apporte aussi ma cape de laine. Surtout, si on te demande de mes nouvelles, tu ne sais rien de mon départ.

— Rassurez-vous, je saurai me taire

Huit jours plus tard, la pluie a cessé lorsque Yvain débarque en Petite Bretagne. Il traverse la forêt de Brocéliande puis chevauche dans une lande déserte, piquetée de jaune par les bruyères et aux genêts. Au milieu du jour, il entend soudain des bruits effrayants et découvre des taureaux sauvages qui combattent si cruellement qu'il recule pour les éviter. C'est alors qu'il aperçoit, assis sur une souche, un paysan véritablement hideux : cheveux en broussaille, oreilles moussues et grandes comme celles d'un éléphant, yeux de chouette, dents de sanglier, barbe rousse sur un cou engoncé. Ses vêtements sont en cuir de bœuf nouvellement écorché. Il se lève et regarde le chevalier sans dire un mot, l'air très abruti. Prudemment Yvain demande :

— Dis-moi, es-tu une bonne créature ou non ?

Il répond :

— Je suis un homme.

— Quelle sorte d'homme es-tu ?

— Tel que tu me vois. Je n'ai jamais été différent.

— Que fais-tu ?

— Je garde les taureaux. Je suis seigneur des bêtes. Mais toi, quel homme es-tu ?

— Je suis un chevalier errant.

— Et que cherches-tu ?

— L'aventure, pour éprouver ma prouesse et ma hardiesse. Connais-tu une fontaine pleine de maléfices ?

Le paysan ricane comme un diable.

— Je ne connais pas d'aventure ni de maléfice. Mais si tu prends ce sentier, tu trouveras une fontaine sous un pin. Alors n'oublie pas de verser l'eau sur la pierre !

Et il se plie en deux tant son fou rire est inextinguible.

Un peu inquiet, Yvain salue de la tête et s'engage dans la direction indiquée. Au milieu de l'après-midi, il trouve enfin la fontaine située effectivement sous un pin touffu, d'où pend un bassin d'or fin retenu par une longue chaîne. À l'intérieur de la fontaine, l'eau bouillonne comme celle d'un chaudron posé sur un grand feu. À côté, la pierre est en réalité une énorme émeraude dans laquelle quatre rubis flamboient plus que le soleil. Yvain s'empresse de remplir d'eau le bassin en or et d'arroser la pierre précieuse. Alors s'élève une tempête si violente que les animaux, chevreuils, cerfs, sangliers, s'enfuient en gémissant. Du ciel tombent de la pluie, de la neige, de la grêle, tandis que la foudre frappe autour de lui, que les éclairs aveuglent ses yeux, que le tonnerre assourdit ses oreilles. La gorge nouée par l'angoisse, Yvain ne peut faire un seul geste, pas même un signe de croix. Heureusement la tempête ne dure pas et les vents bientôt se reposent. L'air redevient clair et pur, des nuées d'oiseaux se posent sur chaque branche du grand pin et leurs chants se mêlent en une douce harmonie.

Tout au bonheur de cette musique et de la tranquillité revenue, Yvain sourit de plaisir lorsqu'un grand fracas de branchages le tire de son ravissement. Près de lui se dresse un chevalier à la mine rude et fière. Ses armes étincellent et, derrière son heaume, des cheveux roux fort longs descendent dans son dos. Yvain s'écarte pour sangler son cheval lorsque le nouveau venu lui dit :

— Jeune homme, grande est ton audace de venir ici me provoquer. À cause de toi, les arbres de mon bois sont abattus ou brûlés, mon château en partie inondé, mes gens terrorisés. Désormais tu n'auras avec moi, Esclados le Roux, ni trêve ni paix.

Quoique Esclados le dépasse d'une tête et paraisse redoutable, Yvain ne renonce pas à combattre et embrasse son bouclier. Au premier assaut les lances volent en éclats et la lutte se poursuit à l'épée. La violence des coups est telle que les boucliers sont déchiquetés et partent en morceaux, les heaumes se fendent, les mailles des hauberts s'envolent couvertes de sang. Toutefois aucun des combattants ne recule et ne cède un pied de terre. Tous deux ont l'élégance de ne pas blesser les chevaux, et demeurent sur leur monture. À la fin Yvain écartèle le heaume d'Esclados et fend son crâne jusqu'à la cervelle. Le chevalier roux ressent une telle douleur qu'il en est tout étourdi et s'enfuit au grand galop vers son château. En voyant son ennemi s'éloigner, Yvain, furieux de ne pouvoir ramener un signe de victoire pour impressionner le roi et se moquer du sénéchal, éperonne sa monture.

Le porche de pierre est majestueux, mais l'entrée du château est si étroite, si resserrée que deux hommes ou deux chevaux ne peuvent entrer de front. Pis, une longue lame tranchante comme un couperet y est suspendue. Prudemment Yvain avance sur le seuil, dont il soupçonne le danger. À peine son cheval est-il entré, que la lame tranchante, tel un couperet de guillotine, s'abat brutalement. Yvain a juste le temps de se pencher en avant pour éviter la lame qui lui rase le dos, tranche l'arrière de ses éperons et coupe son cheval en deux. Entre les deux moitiés il tombe sur le sol.

À pied, il franchit précipitamment une petite cour jusqu'à une deuxième porte qui se referme immédiatement derrière lui. En se retournant il s'aperçoit qu'elle n'a ni poignée ni clef et comprend qu'il est enfermé. Il tape et cogne jusqu'à ce que ses poings soient endoloris et ses bras épuisés. Alors il regarde autour de lui. La pièce est grande, ciselée de clous dorés, agrémentée de belles peintures, couverte d'un tapis de laine sur lequel il s'assied. Mais Yvain n'a pas le cœur à admirer la beauté du lieu. Il peste contre le sort qui lui a fait perdre de vue le chevalier roux et a coupé son destrier en deux.

Soudain, il entend un grincement, lève la tête et remarque qu'un battant, dissimulé dans une fresque, s'entrouvre lentement.

7

Une demoiselle très rusée

Par la porte dissimulée, entre une charmante demoiselle, au corps gracieux et au beau visage, qui ferme prudemment derrière elle.

— Chevalier, vous êtes très malvenu dans ce palais. Vous avez blessé à mort Esclados le Roux, le seigneur du château, et sa femme et ses gens crient de colère. Ils veulent tous vous tuer.

— S'il plaît à Dieu, répond Yvain, ils ne me prendront jamais.

La demoiselle prend un air admiratif.

— Vous êtes un véritable chevalier car vous n'êtes point effrayé par ce que je vous raconte. Je vous aiderai de tout mon pouvoir.

— Pourquoi souhaitez-vous m'aider contre toute votre maisonnée ?

La demoiselle devient grave.

— Un jour, dit-elle, ma dame m'envoya en messagère auprès du roi Arthur. Je ne fus peut-être pas assez courtoise, mais personne ne me répondit lorsque je demandai où je pourrais trouver le roi. Un seul me parla : c'était vous. Vous m'avez accompagnée et bien traitée. Aussi je vous dois une récompense. Je sais que vous êtes messire Yvain, fils du roi Urien.

— Comment t'appelles-tu ?

— Lunette, pour vous servir, dit-elle en faisant une petite révérence.

Elle enlève de sa main un petit anneau et le lui tend.

— Cet annelet est magique. Lorsqu'on en tourne la pierre vers la paume, il rend son possesseur invisible. Vous ne craindrez rien tant que vous porterez l'anneau. Maintenant installez-vous confortablement sur ce lit.

Yvain s'assied sur un bel édredon de soie violette, tandis que Lunette ouvre la petite porte en disant :

— Je vais vous chercher à manger.

Peu de temps après, le chevalier dévore un chapon rôti, une purée de choux, et apprécie le bon vin.

À peine a-t-il terminé son repas, que l'on frappe derrière la porte.

— Ils vous cherchent tous avec fureur, explique Lunette. Je ne peux rester ici plus longtemps, mais vous, quoi qu'il arrive, ne bougez pas ! Je remercie Dieu de m'avoir donné l'occasion de vous rendre service.

À peine est-elle partie que la porte est enfoncée et que surgissent des gens furibonds, brandissant bâtons et épées. Comme ils ont vu les deux moitiés du cheval à l'extérieur, ils sont certains d'apercevoir Yvain dans la chambre et enragent de ne trouver personne.

— Où peut-il se cacher ? demande l'un qui soulève le tapis. Cherchons bien dans tous les coins. Il est certainement ici. Les fenêtres ont des barreaux et il n'a aucun moyen de s'échapper.

Tous frappent sur les murs, les bancs, la table, mais aucun ne s'approche du lit. C'est alors qu'apparaît la dame de Landuc, la châtelaine devenue veuve. Elle est d'une étonnante beauté, et Yvain, au premier regard, en tombe amoureux. Ébloui, il la voit s'arracher les cheveux de douleur, déchirer ses vêtements, pousser des cris de désespoir, s'énerver contre ses gardes et serviteurs.

— Êtes-vous aveugles pour ne point trouver le traître qui a tué mon bon seigneur ? s'indigne-t-elle.

Le connétable lui répond :

— Il est certainement là dans cette chambre, près de nous et nous ne pouvons le voir ! C'est bien merveille et diablerie.

— Ah ! Dieu, quelle cruauté de ne point connaître le meurtrier de mon époux ! Il doit être un fantôme car personne ne pouvait vaincre Esclados, le plus vaillant du monde.

Après de longues et inutiles recherches, tous quittent la chambre pour se rendre à l'église.

Le soir, Lunette revient avec une lampe à huile.

— Vous avez vu comme ils ont fouillé partout. Sans doute avez-vous eu peur ?

— Tu dis vrai, je l'avoue. Une peur plus grande que je l'avais imaginée. Mais je voudrais bien voir la dame du château.

— Et pourquoi donc ?

— Sa beauté a pris mon cœur.

— En voilà une nouvelle : aimer quelqu'un qui vous déteste !

Et devant la visible tristesse du chevalier, elle lui dit :

— Regardez à travers les barreaux. Ma dame est dans la cour.

En effet, devant le cercueil, la veuve continue à se frapper de désespoir. Yvain murmure :

— Je vais la rejoindre pour l'empêcher de se faire mal.

— Surtout gardez-vous de faire cette folie. Vous êtes très bien ici. Ne bougez pas avant que la douleur de ma maîtresse se soit calmée. Laissez les gens s'en aller, petit à petit. Maintenant je vous quitte car je dois rejoindre les autres. Mon absence leur semblerait bizarre.

Lunette part fort préoccupée. Le chevalier aime celle qui le hait et qui souhaite sa mort. C'est absurde ! Mais comment résister à l'amour quand il remplit le cœur !

Dans la cour, chevaliers, écuyers, dames s'éloignent et la veuve reste seule. Quoiqu'elle continue à s'égratigner le visage de chagrin, Yvain la trouve de plus en plus belle. Dieu l'a certainement faite de sa propre main pour étonner le monde.

Et il se met à rêver qu'il fait la paix avec elle. Après tout, se dit-il, une femme a plus de mille cœurs. Elle peut changer de sentiment, oublier le défunt, aimer un autre homme comme lui, par exemple. Ainsi songe un chevalier, qui dans sa prison, perd la tête et la raison.

Le soir Lunette revient, désireuse de le consoler et de le divertir, mais elle le trouve distrait et pensif.

— Messire Yvain, comment avez-vous passé la journée aujourd'hui ?

— Ce que j'ai vu m'a fort plu et par Dieu me plaira toujours.

— Ah ! dit Lunette. Vous avez sans cesse regardé ma maîtresse !

Surgit alors dans son esprit un plan dont elle ne dit rien.

— Pour le moment, remarque-t-elle, l'important est de vous installer hors de cette pièce. Venez, je vous emmène.

Par un escalier secret, elle le conduit dans une chambrette, sous le toit, dans laquelle il doit se baisser pour éviter de se cogner aux poutres. Là, il attend dans la tristesse et l'énervement.

Les jours passent, sans que le chagrin et les gestes de désespoir de la dame de Landuc ne s'apaisent. Un jour que Lunette la trouve en train de déchirer sa ceinture de cuir tressé, elle s'indigne.

— Dame, je suis bien surprise de vous voir agir si follement. Croyez-vous retrouver votre mari en vous lamentant ainsi ?

— Je voudrais être morte de douleur.

— Pourquoi ?

— Pour aller au Ciel, près de lui.

Lunette considère qu'il est temps de mettre son plan à exécution.

— Il serait plus sage de prendre un autre bon seigneur.

— Il n'en existe pas d'aussi bon.

— Il en existe d'aussi bon, et peut-être même meilleur.

La dame de Landuc se met en colère.

— Va-t'en, va-t'en. Laisse-moi en paix. Tu dis trop de paroles qui me fâchent.

Lunette sourit de satisfaction et se dit :

« C'est une manie des femmes de se courroucer lorsqu'on leur donne un bon conseil. »

Une semaine plus tard la servante reprend ses reproches :

— Dame, abandonnez cette tristesse ! Il ne convient pas à une femme de votre rang de vivre une si longue douleur. Il existe cent chevaliers vivants aussi preux et hardis dans ce monde.

— Cite-m'en un, un seul qui ait la même réputation de vaillance que mon seigneur.

Lunette fait semblant de vouloir se taire.

— Parle, je te prie, insiste sa maîtresse.

— Non, non, je ne vous propose personne, vous vous fâcheriez.

D'un air offensé, Lunette range un manteau dans le coffre, puis prend la brosse à cheveux.

— Venez, que je vous coiffe.

Pendant qu'elle démêle les longs cheveux fauves, qui font si bien ressortir la couleur violette des yeux, elle finit par demander :

— Quand deux chevaliers se battent, qui est le plus vaillant : le vainqueur ou le vaincu ? Pour moi, c'est le vainqueur. Comme celui qui vainquit votre mari et eut le courage de le prendre en chasse jusqu'au château.

La dame de Landuc est exaspérée.

— Jamais je n'ai entendu déraisonner de la sorte. Arrière, fille pleine d'esprit malin, garce folle et insupportable. Ne dis jamais pareille sottise, et ne reviens jamais devant moi si tu dois me parler ainsi.

— J'ai perdu une belle occasion de me taire, murmure Lunette.

Et elle quitte sa maîtresse pour rejoindre Yvain dans sa chambrette. L'ambiance y est tout aussi sinistre car le chevalier se plaint de ne pas voir l'objet de son amour.

Heureusement, le mois suivant, la dame de Landuc se repent de ses méchantes paroles.

— Lunette, je te demande pardon des mots d'orgueil que je t'ai dits la dernière fois. J'ai réfléchi. Il est vrai que je ne peux vivre seule, sans personne pour défendre mes terres et mon château. Que sais-tu de ce chevalier dont tu m'as parlé il y a peu ? Quel homme est-il ? Est-il digne de moi ?

— Ma dame, vous aurez le seigneur le plus gentil, le plus noble et le plus beau de tous les hommes depuis Adam.

— Quel est son nom ?

— Messire Yvain.

— Mais alors il n'est ni paysan ni brigand !

— Qui vous a parlé de paysan et de brigand ?

— Toi, certainement. D'Yvain je connais le nom. Il est fils du roi Urien, et donc de très noble famille. Quand pourrai-je le voir ?

Lunette fait semblant de réfléchir longuement.

— Oh ! là là ! Je ne sais où il est parti après avoir fui votre demeure où on voulait le massacrer. Il faudra au moins cinq jours pour le trouver et le ramener !

La dame de Landuc se récrie :

— Cinq jours, c'est trop long ! Qu'il vienne cette nuit ou demain.

La servante est bien décidée à faire languir sa maîtresse.

— Aucun oiseau ne peut faire tout ce trajet en un seul jour. J'enverrai un garçon qui court très vite à la cour d'Arthur au cas où le chevalier s'y trouverait. Dans tous les cas il lui faudra le temps de venir ici.

— C'est trop de délai. Je veux que demain soir, il soit ici. Qu'il fasse un effort. S'il le veut, il fera deux journées en une. Ou la nuit sera comme un autre jour. Qu'il arrive demain.

Lunette soupire.

— Je ferai ce que je peux, mais il ne sera pas là avant trois jours.

Et joyeuse, elle part rejoindre le chevalier dans sa chambrette.

— Dans trois jours vous la verrez. Mais d'ici là reposez-vous, prenez des bains, lavez-vous et peignez vos cheveux.

Le jour venu, elle l'habille d'une robe d'écarlate fourrée de vair, poudrée de craie. Un fermoir d'or enrichit sa ceinture. Tous deux se dirigent vers la chambre où la dame se tient rêveuse, sur le banc de pierre près de la fenêtre. Elle tourne ses beaux yeux violets vers le nouveau venu et Yvain, bouleversé, ne peut proférer un mot.

Lunette s'indigne :

— Que le diable emporte ce chevalier qui n'a ni langue ni parole pour saluer la dame ! Venez ici, n'ayez pas peur. Demandez à ma maîtresse qu'elle vous pardonne la mort d'Esclados le Roux et vous accorde sa paix.

— Dame, déclare Yvain, je vous remercierai de tout ce que vous ferez de moi. Rien ne pourra me déplaire.

— Et si je vous tue ?

— Je vous dirai merci.

La dame a un sourire charmé et fait la coquette.

— Asseyez-vous et dites-moi pourquoi vous êtes si soumis.

— Cela vient de mon cœur et de mes yeux.

— De vos yeux ?

— Oui, à cause de votre grande beauté.

La dame prend un air faussement indifférent.

— La beauté est-elle coupable ?

— C'est elle qui me fait tant aimer.

La maîtresse passe distraitement ses mains sous sa magnifique chevelure pour mieux la répandre sur ses épaules, et fait la sotte :

— Qui donc aimez-vous ?

— Vous, dame très chère. Je vous aime plus que moi et pour vous je veux mourir et vivre.

— Vous défendrez ma fontaine ?

— Contre tout homme qui viendra.

Avec un sourire ravi, tendant ses deux mains, la dame annonce :

— Sachez donc que la paix est faite entre nous.

Une semaine plus tard Yvain épouse la dame de Landuc.

Pendant que se déroulent les festivités du mariage, Arthur et ses compagnons, comme prévu, se dirigent vers la fontaine sous le pin. Lorsqu'ils arrivent sous l'arbre couvert d'oiseaux, Ké le sénéchal prend un air étonné :

— Mais je ne vois pas Yvain, le soi-disant invulnérable chevalier ? Je savais bien que toutes ses vantardises étaient l'effet du vin. Il a certainement fui devant le danger et n'a pas osé reparaître à la cour.

Gauvain s'indigne :

— Pourquoi dis-tu tant de méchancetés. Si Yvain n'est pas ici c'est qu'il en est empêché.

Ké prend un air outragé.

— Bon, bon je me tais ! Vous ne m'entendrez plus parler puisque cela vous déplaît.

Arthur, habitué aux mauvaises paroles de son presque frère, n'y prête guère attention. Il est venu jusqu'ici pour découvrir les pouvoirs de la fontaine. Il remplit d'eau le bassin en or, le verse dessous le pin sur la grosse émeraude. Aussitôt le vent se déchaîne, la pluie et la grêle s'abattent, un nuage de poussière et de brindilles aveugle les hommes et les bêtes. Dès que le calme revient et que chacun s'époussette, arrive un chevalier avec toutes ses armes, dissimulé sous son heaume, qui se dirige vers la troupe royale.

— Arthur, demande Ké, laisse-moi le privilège de la bataille.

Le roi, pour éviter la colère du sénéchal, lui permet de combattre.

Ké saisit son bouclier, prend sa lance, la baisse et s'élance vers son adversaire. Celui-ci frappe dur et finit par donner un coup si puissant que Ké vacille et tombe sur son heaume.

Plus d'un se moque de lui.

— Tu es bien mal placé pour mépriser tes compagnons, remarque l'un.

— Cela t'apprendra à toujours demander la bataille, dit un autre.

Le vainqueur prend par la bride le cheval du vaincu et le conduit au roi.

— Sire, ce cheval vous appartient.

— Qui es-tu ?

— Je suis Yvain, qui espère devenir compagnon de la Table ronde.

Et il enlève son heaume. Après un moment de surprise, Arthur le serre dans ses bras.

— Je suis tellement heureux de te retrouver. Raconte-nous ton aventure.

— Sire, pour l'entendre, faites-nous l'honneur de venir dans mon château avec tous les chevaliers. Nous vous recevrons avec joie.

Ké se relève, penaud et confus d'avoir déclaré qu'Yvain s'était enfui devant le danger.

Yvain le serre quand même dans ses bras, et lui dit avec générosité :

— Merci de m'avoir laissé gagner le combat.

Pour recevoir le roi et sa suite, on étend des draps de soie devant les maisons, on couvre les rues de tapis, on sonne les cloches, on joue du cor, du tambourin, de la cymbale, et des demoiselles dansent devant le cortège. Des hérauts crient sur le passage :

— Bienvenu soit le roi, seigneur des rois et des seigneurs du monde.

La dame de Landuc apparaît, vêtue d'une robe d'hermine frangée, portant sur la tête un diadème orné d'un rubis qui retient un léger voile sur les cheveux. Elle s'approche d'Arthur qui s'empresse de descendre de cheval pour la saluer.

— Cent mille fois bienvenu, roi Arthur ! Béni soit messire Gauvain ton neveu, dit-elle.

Galamment le roi répond :

— Que votre corps et votre esprit, ô belle créature, connaissent joie et très bonne aventure.

Puis il l'embrasse à pleins bras.

Toute la semaine, fêtes, tournois, danses, chasses se succèdent. Pendant ce temps Gauvain cherche à persuader Yvain de partir avec eux.

— Il te faut venir avec nous. Nous irons tournoyer tous les deux à travers le pays. À rester ici tu deviendras triste et mélancolique. Veux-tu qu'on dise qu'à cause d'une femme tu quittes la chevalerie ? D'ailleurs le bonheur quotidien perd tout attrait. Pour ta dame comme pour toi, la joie du retour sera plus douce et plus intense.

Gauvain fait tant et si bien qu'il convainc son compagnon de partir avec lui, à condition que sa femme lui en donne l'autorisation.

Le matin, dans la chambre des époux, Yvain embrasse la main de son épouse et lui dit :

— Ma très chère, qui es mon cœur, mon âme, ma joie et ma santé.

La dame devine aussitôt que, par ces belles paroles, son mari veut lui demander quelque chose.

— Bel ami, que veux-tu ?

— Je veux la permission d'accompagner le roi et d'aller tournoyer un an avec Gauvain.

La noble dame hésite un moment, l'air grave, et finit par sourire.

— Je t'accorde ce congé, mais à une seule condition : que tu reviennes dans un an, huit jours après la Saint-Jean-Baptiste. Si tu n'es pas reparu à cette date-là, je ne t'aimerai plus, peut-être même te haïrai-je.

Yvain redoute une date aussi précise.

— Certes, pendant un an, mon cœur, comme une colombe, souhaitera revenir auprès de toi. Mais nous ne connaissons pas l'avenir. Je serai peut-être malade, ou enfermé dans une prison.

— Cela n'arrivera pas car je te donne cet anneau. Lorsqu'un amoureux le porte, il devient dur comme le fer et protège comme un bouclier. En le portant au doigt, si tu continues à m'aimer, tu ne souffriras aucun mal. Mais si tu dépasses d'un seul jour le terme que j'ai fixé, tu ne trouveras plus jamais la paix et le bonheur. Ne le prête à personne. Je te le donne par amour.

Lorsque Arthur décide qu'il est temps de partir, on échange beaucoup de baisers, de promesses, de larmes, puis les chevaliers montent sur lcur palefroi, ravis de retrouver l'errance et l'aventure.

8

Un tournoyeur obéissant

Après avoir établi sa cour en Cornouailles, dans le château de Tintagel, où le vent siffle dans les meurtrières, tandis que les vagues déferlent contre les remparts, Arthur reçoit la visite inattendue de demoiselles.

— Sire, nous vous demandons un don.

Devant toutes ces belles jeunes filles qui le dévisagent avec espoir, le roi ne peut s'empêcher de sourire.

— Je vous l'accorde et suis impatient de le connaître.

— Sire, le printemps arrive et nous sommes pressées de nous marier, explique l'une d'elles. Si vous organisez un grand tournoi, après Pâques, nous pourrons voir quels sont les meilleurs combattants, et aux plus courageux nous donnerons notre cœur.

Arthur, toujours ravi d'admirer et de surveiller les tournoyeurs, accepte avec joie cette requête.

Les demoiselles viennent ensuite trouver la reine :

— Madame, ne nous reprenez pas le don que le roi nous a fait.

— Quel est-il ?

— D'assister à un grand tournoi pour que nous trouvions des maris.

La reine à son tour sourit :

— Puisque le roi y consent, je m'y rendrai volontiers.

Aussitôt on envoie des messagers dans tout le royaume annoncer qu'un tournoi aura lieu près de la ville de Nolaut, dix jours après Pâques et que la reine y assistera. La nouvelle se répand si vite qu'elle parvient au pays de Gorre.

Depuis le jour où, sur la route du « Pont dessous l'eau », à la recherche de Gauvain, Lancelot a imprudemment suivi le nain envoyé par son ennemi mortel, il est prisonnier. Enfermé dans une pièce sans fenêtre de la maison du connétable, il n'aperçoit le jour que par deux petites ouvertures qui apportent une faible lueur. Bertrand, le connétable de Méléagant, a la responsabilité du détenu.

Un matin, tandis que Lancelot sommeille sur sa paillasse, Bertrand se réjouit perfidement de lui annoncer :

— Après Pâques, le roi Arthur organise un grand tournoi à Nolaut ! Tous les chevaliers du pays y participeront ! Sauf toi !

Lancelot jette un regard furieux sur son gardien, aux yeux petits et rusés sous des cheveux épais comme une toison de mouton.

— Il y aura beaucoup de dames et demoiselles pour y assister, précise le connétable. Il y aura même la femme du roi Arthur. Comment s'appelle-t-elle déjà ?

— Mieux vaut que tu ne salisses pas son nom en le prononçant, répond Lancelot.

Bertrand rit :

— Guenièvre est son nom. Tu t'es vaillamment battu pour lui rendre la liberté. Cette fois-ci elle ne pourra pas t'admirer !

Fort satisfait de sa méchanceté, il referme la porte, laissant Lancelot à son chagrin. Le meilleur chevalier du monde imagine l'éclat des armes et des blasons, le cliquetis des épées, les chevaux aux couvertures multicolores, les dames serrées dans les loges, et parmi elles, la Blanche Apparition dans un manteau pourpre et or. Il ne décolère pas d'être absent de la fête où se tiendra la reine et voudrait mourir de douleur.

La femme de Bertrand, à la silhouette forte et au visage épanoui, s'étonne de la transformation de leur prisonnier. Lorsqu'elle se trouve seule avec lui, elle demande :

— Sire, que vous arrive-t-il ? Vous ne buvez ni ne mangez. Jamais vous ne riez ni ne plaisantez. Quelle est la raison de votre tourment ?

— Je ne serai pas à Nolaut où se trouvera tout ce qu'il y a de plus beau au monde. Dame, je t'en supplie, laisse-moi partir quelques jours pour participer au tournoi.

— Je vous aiderais volontiers, mais je risque ma vie. Le seigneur Méléagant nous tuera tous les deux, mon mari et moi, s'il ne vous trouve pas ici. Vous savez combien ce seigneur est cruel.

— Dame, je te promets qu'après les joutes, je reviendrai immédiatement dans ma prison.

La femme regarde avec compassion le regard suppliant du chevalier. Elle soupire, hésite, puis finalement quitte la pièce et revient en tenant une petite boîte d'argent.

— Dans ce coffret se trouvent quelques mèches de cheveux de saint Georges. Jurez sur cette relique que vous reviendrez.

— Dame, sur cette relique et sur la sainte Église, je jure de revenir dès le tournoi terminé.

Après Pâques, la femme de Bertrand lui apporte des armes, dont un bouclier gris avec deux faisans bec à bec et un destrier large et fort.

— Si vous prenez vos armes, dit-elle, tout le monde reconnaîtra votre bouclier. Prenez plutôt celui de mon mari.

Trois jours plus tard, dissimulé sous son heaume, Lancelot arrive dans les environs de Nolaut. Pour ne pas être reconnu, il n'entre pas dans la ville et évite les chevaliers et écuyers dont les tentes couvrent la plaine, ou qui, faute de place, se sont installés dans des maisons de chaume, et même dans des grottes. Il trouve, dans une masure isolée, une petite pièce à côté de l'étable. Là il enlève son armure, accroche son bouclier à la porte et s'étend sur un lit étroit au matelas couvert d'un drap de chanvre rêche.

Au crépuscule, un garçon pieds nus, à la tunique fort sale, une ficelle en guise de ceinture, aperçoit sur son chemin un bouclier qui brinquebale sur une porte. Curieux de nature, il pousse la porte et un faible rai de lumière tombe sur le visage du dormeur. En reconnaissant Lancelot, le gamin fait le signe de croix et s'exclame :

— Par Dieu, il est vivant !

À ce bruit, le chevalier se réveille en sursaut :

— Qui es-tu ? Est-ce Bertrand le connétable qui t'envoie ?

— Non, répond le garçon fort surpris. Je m'appelle Guinas. Je vous reconnais, vous êtes…

— Ne prononce pas mon nom ! Je suis ici en secret et je t'interdis, tu m'entends, je t'interdis de parler à quiconque de ma présence. Si jamais tu deviens trop bavard, je te briserai le cou, je te…

— Je ne dirai rien, je ne dirai rien, promet Guinas affolé. Je vous admire tellement ! Gardez-moi près de vous pendant le tournoi, et je remercierai la Sainte Vierge toute ma vie.

Lancelot réfléchit. Pour établir entre eux une complicité, Guinas demande :

— Dites-moi, qui est Bertrand le connétable ?

— Un ennemi. Oublie son nom. Demain tu m'aideras à endosser mon armure.

À une lieue de la ville, le roi parcourt la vaste prairie pour s'assurer que tout se passe convenablement. Des centaines de tentes sont dressées dans la plaine, de larges tribunes sont déjà remplies de dames et demoiselles aux manteaux éclatants, dans les écuries les chevaux sont étrillés et harnachés, des dizaines de serviteurs, palefreniers, cuisiniers, marchands, jongleurs, mendiants s'affairent pour tirer profit de la fête et derrière les barrières se presse une foule considérable.

Pendant la matinée du premier jour Lancelot se contente de regarder les tournoyeurs. Mais dans l'après-midi, quand la reine apparaît, magnifiquement belle dans sa robe de pourpre brodée de fil d'or, il entre en lice, la lance brandie, avec la force d'un léopard.

Le petit Guinas court devant les loges en criant :

— Voyez celui qui gagnera ! Voyez celui qui gagnera !

— Qui est-il ? demande-t-on.

— Il est celui qui gagnera, répète prudemment le jeune garçon, pour ne pas trahir son serment.

La lance de Lancelot est redoutable. En un seul coup, grâce au galop de son cheval, il fait quitter l'étrier aux jouteurs dont il distribue autour de lui les chevaux. Il met tant d'ardeur, de force et de légèreté à combattre qu'il ressemble plus à un danseur à cheval qu'à un combattant. Dans les loges et derrière les barrières on demande :

— Qui est donc celui qui combat si bien ?

En l'absence de Gauvain, retenu par une forte fièvre, la reine est la seule à reconnaître Lancelot à un de ses tours. Celui-ci consiste à plaquer le bouclier sur le corps de l'adversaire, à le serrer dans ses bras et le pousser à la renverse. Heureuse de sa présence, Guenièvre fait signe à une demoiselle à la jupe de dentelle verte et au corsage violet.

— Fais vite porter un message au chevalier dont le bouclier gris est décoré par deux faisans. Dis-lui en secret que je lui demande de faire « au pire ».

La demoiselle se faufile prudemment entre les chevaux, les combattants, les écuyers et tire le bras de Lancelot.

— Sire, je viens de la part de la reine qui, par moi, vous demande de faire « au pire ».

— Très volontiers, répond Lancelot.

Et aussitôt il galope vers un chevalier, la lance en avant et manque son coup. Dès qu'un jouteur le menace, il tourne le dos comme un peureux. On se moque de lui :

— Eh, le lâche, retourne dans ton lit !

— Dépêche-toi de fuir avant d'être attaqué !

— Quel couard ! C'est une honte d'avoir si peur !

Jusqu'au soir Lancelot est considéré comme un jouteur lamentable tandis que la reine est toute joyeuse de son obéissance.

Pendant le dîner, hommes et femmes discutent avec flamme pour savoir quel fut le meilleur chevalier. Puis on évoque le chevalier le plus nul, le plus méprisable. Tous s'accordent pour élire le chevalier aux deux faisans. Où s'est-il caché ? Sans doute a-t-il craint qu'on se moque de lui. Le repas terminé, les demoiselles, qui choisiront le lendemain leur mari parmi les tournoyeurs les plus brillants, se moquent du froussard et font des compliments aux preux chevaliers tout en pansant leurs blessures.

Le lendemain, le soleil brille et le combat recommence. Plus personne ne pense au chevalier tant méprisé, sauf la reine qui cherche vainement à le discerner dans la mêlée. Elle appelle la demoiselle à la jupe de dentelle :

— Allez, demoiselle. Montez sur votre palefroi ! Je vous envoie chercher le chevalier d'hier. Trouvez-le et redites lui qu'il refasse au pire maintenant. Écoutez bien sa réponse.

La demoiselle qui, la veille, a suivi de loin le chevalier, trotte jusqu'à sa misérable chambre.

— Sire, si vous voulez garder l'amour de la reine, il faut encore vous battre au pire.

— J'obéirai puisqu'elle l'ordonne.

L'arrivée du chevalier à l'écu gris aux deux faisans produit une grande hilarité.

— Il est revenu, le lâche !

— Quel être méprisable ! Il n'a pas honte de se montrer si ridicule !

Le tournoi recommence dans le tumulte des sabots, des hennissements, des cris, des cliquetis d'épées. À nouveau Lancelot se montre incapable. Pourtant, dès que la demoiselle à la jupe de dentelle annonce à la reine la réponse du chevalier, sa majesté change d'avis :

— Retourne vite lui ordonner de combattre au mieux.

Toujours aussi obéissant, Lancelot répond :

— Tu diras à la reine que je fais volontiers tout ce qu'elle me demande, car tout ce qui lui plaît me convient.

La demoiselle est fort surprise par l'attitude du chevalier.

— Madame, je n'ai jamais vu un chevalier aussi soumis car il veut faire tout ce que vous lui commandez.

— Par ma foi, c'est bien possible, dit la reine d'un air détaché.

À l'étonnement général, celui dont on s'était tant moqué fait preuve d'une adresse, d'une audace étonnantes. Il brise les lances, les boucliers, les étriers, et son épée tourbillonne d'un adversaire à l'autre. Bien peu de ceux qu'il attaque réussissent à demeurer en selle.

Le petit Guinas court à nouveau en criant :

— Il est revenu celui qui gagnera. Vous allez voir ce qu'il fera.

Ceux qui s'étaient moqués de Lancelot sont maintenant confus de leurs méprisantes paroles. Quant aux demoiselles, elles n'ont d'yeux que pour lui. En secret elles font des vœux pour l'épouser.

À la fin du tournoi, on convient que le chevalier aux deux faisans a surpassé tous les autres. Mais Lancelot laisse tomber au milieu de la foule ses armes et s'enfuit. Il galope vers sa prison pour être fidèle à son serment.

En vain, on cherche le vainqueur. Les chevaliers en sont désolés, mais bien plus tristes encore sont les demoiselles qui refusent de prendre un autre mari.

Sur la route du royaume de Gorre, à la lisière d'un bois, Lancelot rencontre un vieil ermite, très maigre, en longue robe brune avec un capuchon. Les mains jointes, il sort d'un enclos entouré de murs de pierre. Lancelot ralentit pour le saluer, et remarque ses yeux pleins de larmes.

— Ami, dit-il, pourquoi ce chagrin ?

— Une fois par mois je viens dans ce cimetière, répond l'ermite, et à la pensée de tous ces morts, mon cœur pleure.

— Ce sont des personnes de ta famille ?

— Non, ce sont les derniers protecteurs du royaume de Bretagne.

Intrigué, Lancelot accroche son cheval à un arbre et entre dans l'enclos. Sur beaucoup de tombes se dresse un heaume de chevalier.

— Sais-tu lire ? demande le saint homme.

— Oui, grâce à une dame merveilleuse.

— Ta mère, sans doute.

— Non, répond Lancelot, je ne connais point ma mère.

Sur la première tombe est écrit : *Ici reposera Yvain, fils du roi Urien...* Un peu plus loin il lit : *Ici reposera Gauvain, neveu du roi Arthur.* Sur la suivante, en gros caractères, il déchiffre : *Ici reposera le roi Arthur, fils du roi Uter Pendragon.*

Stupéfait, Lancelot découvre maintes sépultures de chevaliers, jusqu'à une grosse pierre encore couchée sur le sol.

— Qui reposera ici ? demande Lancelot.

— Nous l'ignorons. Personne n'a réussi à lever cette dalle. Elle est si lourde que dix hommes ne sont point arrivés à la redresser.

Lancelot se penche, saisit un coin de la dalle, et avec effort, tente de la soulever.

Soudain, miraculeusement, la pierre se relève toute seule pour se dresser bien droite. Alors, l'une après l'autre, se gravent les lettres suivantes : *Ici reposera Lancelot du Lac, fils du roi Ban de Bénoïc.*

Lancelot éclate de joie. Il prend l'ermite dans ses bras, et le fait tourner en répétant :

— Je suis fils de roi ! Tu te rends compte, saint homme, fils de roi ! Et ma terre est la Petite Bretagne. Je savais bien que j'étais né près du lac.

— Mon fils, tu as perdu l'esprit ! Un fils de roi ne se comporte pas aussi follement !

Chantonnant d'allégresse, Lancelot monte sur son cheval et se dirige vers le royaume de Gorre.

En arrivant à la maison de Bertrand, il entend ses gardiens se disputer.

— As-tu perdu l'esprit en laissant partir ce chevalier ! Cela fait huit jours que je suis obligé de mentir et de raconter à Méléagant que le prisonnier est malade. Demain notre maître viendra le voir, et s'il ne le trouve pas il me tuera. Et toi avec.

— Ne crains rien. Il a juré qu'il reviendrait. Il a juré sur les reliques de saint Georges.

— Il reviendra, mais quand ? Que se passera-t-il demain quand Méléagant le cherchera ?

— Il me verra, dit Lancelot en entrant dans la pièce.

Bertrand fait un signe de croix de soulagement. Sa femme sourit avec reconnaissance.

— Vous avez ramené mes armes et mon cheval, au moins ? demande le connétable d'un ton désagréable.

— Le cheval, oui, mais les armes, je les ai laissées dans la prairie. Je vous en offrirai d'autres. Je demanderai à…

— Tu ne demanderas rien du tout ! s'exclame une voix puissante. Je viens d'apprendre que loin d'être malade, tu t'étais échappé pour aller Dieu sait où, rugit Méléagant.

— Je suis revenu.

— Je ne peux pas me fier à toi. Désormais tu ne pourras plus t'enfuir.

Quelques jours plus tard, dans une petite île rocheuse inhabitée, des tailleurs de pierre extraient de gros blocs dont les maçons font de hauts murs. Des menuisiers apportent des troncs d'arbres pour la charpente et la toiture. Quand la tour est presque terminée les ouvriers reçoivent l'ordre de boucher les portes et les fenêtres et sont menacés de mort s'ils révèlent la geôle du prisonnier.

Par l'unique ouverture, petite et haute, tombe une corde à laquelle, une fois par jour, un gardien dépose un panier avec un peu d'eau et de nourriture. Là, Lancelot du Lac médite sur le sort qui, en même temps, fait de lui un fils de roi et un prisonnier ignoré.

Pendant que le meilleur chevalier du monde dépérit en secret, un adolescent croit rencontrer des anges.

9

Un jeune homme obstiné

Dans le pays de Tintagel, une pluie fine tombe depuis deux semaines. Le ciel est gris, la terre trempée et la vie au château morose. Arthur, malgré sa coutumière bonne humeur, songe avec mélancolie que Merlin ne donne toujours aucune nouvelle, et que personne ne découvre le Graal. Aussi est-ce avec joie que Gauvain et Yvain partent en quête d'aventures, couverts de toutes leurs armures comme il convient à des chevaliers.

Trois jours après leur départ, lorsque le soleil apparaît enfin entre deux nuages pour faire briller l'or et l'argent de leurs armes, ils croisent en chemin un jeune cavalier, vêtu de peaux de bête et armé de trois javelots. Celui-ci, en les apercevant, s'écrie tout émerveillé :

— Vous êtes des anges !

— Nous lui faisons certainement peur, conclut Gauvain. Avançons lentement.

À leur approche le jeune homme descend de sa monture et se prosterne. Yvain le rassure aussitôt :

— Ne crains rien, nous ne te voulons aucun mal.

— Êtes-vous des anges ? insiste le très jeune homme.

— Non.

— Qui êtes-vous donc ?

— Nous sommes des chevaliers.

— Je n'ai jamais entendu parler de ces gens-là. Vous êtes plus beaux que Dieu et je voudrais vous ressembler, être brillant comme vous.

Gauvain éclate de rire.

— Qui es-tu ?

— Mon nom est Perceval et je viens du pays de Galles. Mais qu'est-ce que vous tenez là ? interroge-t-il en saisissant la lance d'Yvain.

— C'est ma lance.

— On l'envoie comme je le fais avec mes javelots ?

— Non. Elle sert à frapper un bon coup. Comme cela.

Perceval fait une petite moue dédaigneuse.

— Je fais mieux avec mes trois javelots. Je tue tout ce que je veux, oiseaux, bêtes, même fort éloignés. Et quel est ce vêtement que vous portez ?

— C'est un haubert qui est pesant comme le fer.

— À quoi sert-il ?

Gauvain se tape la poitrine en riant.

— Il me protège contre tes javelots.

— Et vous êtes né comme cela ?

— Mais non, c'est impossible, personne ne peut naître ainsi.

— Alors qui vous a vêtu de la sorte ?

— Le roi Arthur.

— Où puis-je le trouver ?

— Il tiendra prochainement sa cour au château de Carduel.

Perceval réfléchit longuement, puis fait demi-tour et s'éloigne.

— Où vas-tu ? s'écrie Yvain, intrigué par le personnage.

— Je m'en retourne chez ma mère la prévenir de mon départ. Je veux aller chez le roi qui fait les chevaliers. Adieu.

Gauvain et Yvain le suivent des yeux jusqu'à ce qu'il disparaisse.

— Le crois-tu fou ? demande Gauvain.

— Non. Un fou serait plus violent. Sa mère ne lui a sans doute rien appris.

Sur le seuil de sa demeure, la mère soupire de joie.

— Mon fils, te voilà enfin. Où étais-tu ? J'ai failli mourir de chagrin en t'attendant.

— J'ai vu les plus belles choses du monde.

— Des gens qui tuent autour d'eux ? demande la mère avec appréhension.

— Non, mère, non. Ce sont des chevaliers.

À ce mot la femme pâlit.

— Quel malheur !

— Tu les connais ! s'étonne le jeune homme. Et tu ne m'en as jamais parlé !

— Je ne voulais pas, car ton père et tes deux frères étaient chevaliers et parmi les meilleurs. Mais parfois le sort s'acharne sur les bons gentilshommes, et tous trois ont été tués. Je vais te raconter en quelles circonstances…

Mais Perceval écoute peu les propos maternels :

— Pourquoi me débites-tu ce conte ? Je veux aller chez le roi qui fait les chevaliers. Quoi que tu en penses, j'irai.

Tristement la mère lui prépare une grosse chemise de chanvre, des braies à la mode de Galles, une robe avec un chaperon de cuir de cerf. Avant le départ de son fils, elle lui fait ses dernières recommandations :

— Quand tu seras chevalier, viens toujours au secours des demoiselles. Ne fais rien qui leur déplaise, même si tu donnes un baiser. Si elles veulent te donner un anneau, je ne vois pas de mal à ce que tu l'emportes. Quant aux gentilshommes qui te donneront des conseils, demande leur nom avant de les écouter. Si tu vois une église, entre pour prier Dieu.

— Je te le promets, je suivrai tes conseils. Adieu.

À la distance d'un jet de pierre, Perceval se retourne et voit sa mère, tombée à l'entrée du pont-levis, qui semble morte. Il cingle son cheval et se dirige vers la forêt ténébreuse.

Le lendemain, au milieu du jour, il aperçoit une tente rouge dressée dans une belle prairie, au milieu de cabanes en bois. La porte étant ouverte, il y pénètre à cheval. À l'intérieur, sur un lit recouvert d'un riche édredon de soie, dort une demoiselle. Au bruit des sabots, elle se réveille et ouvre des yeux effarés.

— Demoiselle, je te salue, comme ma mère me l'a appris. Comment t'appelles-tu ?

— Luchte. Maintenant pars tout de suite, avant que mon ami l'Orgueilleux de la lande, ne te voie.

— D'abord je te donnerai un baiser, comme ma mère me l'a appris.

La jeune fille se redresse indignée.

— Je ne t'embrasserai pas. Et va-t'en immédiatement ! Si l'Orgueilleux de la lande te trouve ici, il te tuera.

N'écoutant que les conseils maternels, le jeune homme serre la jeune fille contre sa poitrine et l'embrasse malgré elle.

— Ta bouche est douce, dit-il.

Luchte se débat, tape, repousse, mais en vain.

— Je vais te prendre aussi ton anneau, comme ma mère me l'a recommandé.

— Je t'en supplie, laisse mon anneau. L'Orgueilleux de la lande nous punira tous les deux, surtout moi.

Perceval s'empare de force du bijou, puis soulève une serviette posée sur une botte de paille. Dessous sont rangés trois pâtés de chevreuil.

— J'ai faim, dit-il en s'asseyant. Veux-tu partager un pâté avec moi.

— Va-t'en, je t'en supplie.

À côté des pâtés se trouve un barillet de vin dont il remplit un gobelet. Tandis que la demoiselle sanglote, il mange de bon appétit et prend congé.

— Dieu te garde, belle amie. Je m'en vais avec ta permission.

— À cause de toi j'aurai plus d'ennuis que n'en eut jamais une malheureuse femme.

Et elle se jette sur le lit en sanglotant.

Une heure plus tard, un chevalier de belle prestance, aux yeux noirs perçants et aux cheveux bruns mi longs, entre à son tour sous la tente.

— Demoiselle, aux traces de sabots que je vois par terre, un chevalier est entré ici.

À ces mots, Luchte se retourne en essuyant son visage.

— Non, pas un chevalier. Un misérable jeune homme, un vrai sot, qui a bu de ton vin et goûté à tes pâtés.

— Est-ce pour cela que tu pleures si fort ?

— Il m'a enlevé mon anneau. J'aurais mieux aimé mourir.

L'Orgueilleux de la lande sent la jalousie gonfler son cœur.

— Et que t'a-t-il pris encore ?

— Un baiser ! Juste un baiser, bien malgré moi.

— Perfide ! Menteuse ! N'espère pas me tromper avec des larmes. Tu seras punie pour avoir accueilli si courtoisement cet importun. Ton cheval ne mangera plus d'avoine, et s'il meurt tu me suivras à pied. Tu ne changeras plus de vêtements et resteras en guenilles jusqu'à ce que je me sois vengé de ton « misérable jeune homme ».

Le « misérable jeune homme » continue à chevaucher joyeusement et rencontre un charbonnier qui conduit un âne chargé de bois.

— Ami, dit-il, quelle est la direction de Carduel. Je veux parler au roi Arthur.

— Ce sentier-là t'amènera au château. Tu y trouveras le roi, joyeux et triste.

— Pourquoi reste-t-il ainsi entre la joie et la douleur ?

— Le roi se réjouit, car il a combattu victorieusement les Saxons. Mais il est fâché car ses compagnons l'ont quitté pour aller séjourner dans leur château. Il ne sait ce qu'ils deviennent. De là sa tristesse. Que Dieu te garde !

Le charbonnier reprend son chemin et Perceval se dirige vers Carduel. Il y arrive le lendemain à l'heure où le soleil est au milieu du ciel. Au même moment sort du château, par le pont-levis, un grand chevalier tenant d'une main une coupe d'or, de l'autre sa lance et la bride de sa monture, et portant son bouclier en bandoulière. Le heaume écarlate, comme le cuir du bouclier et le pommeau de l'épée éblouissent le jeune homme.

« Je vais demander au roi cette armure, se dit-il. Elle est si belle que je n'en veux point d'autre. »

Toujours à cheval, il monte les quelques marches qui conduisent à la grande salle où se termine le repas. Derrière les tables, les convives parlent entre eux avec animation.

— Qui est le roi, parmi vous ? demande-t-il à l'assemblée.

On lui montre Arthur, pensif et silencieux, qui ne prête aucune attention au nouveau venu.

— Sire, je vous salue.

Arthur, plongé dans sa méditation, ne répond toujours pas.

« Par ma foi, songe le Gallois, un muet ne peut pas faire un chevalier. »

Il s'apprête à repartir lorsque le roi lève la tête.

— Ami, sois le bienvenu. Le chagrin m'empêchait de parler. Mon pire ennemi, le Chevalier Vermeil de la forêt de Quinqueroi, vient de me réclamer ma terre, que je le veuille ou non. De surcroît il a pris ma coupe, l'a levée maladroitemcnt et a renversé tout le vin sur Guenièvre qui risque d'en mourir d'indignation.

Perceval, indifférent à ces malheurs, demande :

— Faites-moi chevalier, car je suis pressé de m'en aller.

— Ami, mets pied à terre, confie ton cheval à un palefrenier, et je ferai ce que tu désires.

— Je ne veux pas descendre de mon cheval, car tels étaient les chevaliers que j'ai rencontrés. Dépêchez-vous pour que je puisse partir.

Arthur est si surpris par la désinvolture du jeune homme qu'il acquiesce.

— Je t'adouberai dans un instant et te donnerai des armes.

— Donnez-moi celles du chevalier que j'ai rencontré sur le pont-levis et qui part avec votre coupe.

Ké, le sénéchal, s'empresse de conseiller ironiquement :

— N'attends surtout pas, imbécile ! Va enlever ses armes au Chevalier Vermeil. Elles sont à toi. Tu as été stupide de venir les chercher ici.

Arthur le réprimande :

— Ké, cesse de dire des paroles blessantes à n'importe qui. Tu vois bien que ce jeune homme simple et naïf n'est pas dépourvu de noblesse.

Une demoiselle qui passe par la salle éclate d'un joli rire.

— Étranger, dit-elle à Perceval, si tu vis longtemps, mon cœur me dit que dans tout le vaste monde, il n'y aura nul chevalier qui te surpasse.

Ké, exaspéré par de telles paroles, bondit et de la paume de la main assène un coup rude sur la tendre figure. La demoiselle pleure, Perceval se retire à la poursuite du Chevalier Vermeil. Il traverse les cours, sort par le pont-levis, et rejoint l'homme en criant :

— Mettez bas vos armes ! Ne les portez pas un instant de plus ! Le roi Arthur vous le demande !

Le Chevalier Vermeil se retourne d'un air méprisant.

— Jeune homme, si le roi Arthur veut mes armes, qu'il envoie un chevalier capable de me les prendre. Car tu me parais bien faible pour cela.

— Vous plaisantez ? Je vous rappelle que vous n'avez pas encore dépouillé vos armes. Quittez-les à l'instant, je vous l'ordonne.

— Et moi je te demande encore une fois si un véritable adversaire souhaite combattre avec moi.

Le jeune Gallois est exaspéré.

— Puisque vous ne voulez pas me donner votre armure, c'est moi qui vous en débarrasserai.

Le Chevalier Vermeil lève sa lance et frappe un tel coup sur l'épaule de Perceval que celui-ci bascule sur le cou de son cheval. Se sentant blessé, il prend un javelot et le lance si précisément dans l'œil et le cerveau de son ennemi que la cervelle en jaillit par la nuque. Rendu aveugle et sourd, le combattant méprisant titube sur sa monture, perd l'équilibre et s'effondre sur le chemin.

Perceval, sans émotion, s'empare de la lance et du bouclier du mort. Mais il a beau tirer de toutes ses forces sur l'épée, il n'arrive pas à la sortir du fourreau. Devant le curieux spectacle de ce jeune homme, soufflant et suant auprès d'un cadavre, un chevalier errant du nom de Yonet, s'étonne :

— Ami, qu'y a-t-il ? Que fais-tu ?

— Le roi m'a donné ces armes. Mais elles tiennent si étroitement au corps que je n'arrive pas à les détacher.

— Je me charge de cette besogne si tu le désires.

— Allez-y et donnez-moi les armes sans me faire attendre.

Rapidement le haubert, le heaume, les chausses quittent le corps de leur ancien propriétaire. De même la cotte de soie doublée de laine portée sous l'armure.

— Tiens, mets cette cotte douce et chaude, conseille Yonet.

— Quoi, vous voulez que j'abandonne ma grosse chemise de chanvre pour celle-ci qui est toute molle et que je change les bons habits que me fit ma mère pour revêtir ceux du mort !

— Enfin, réfléchis un instant.

— Dieu te bénisse, dit le châtelain, certain d'avoir affaire à un jeune naïf un peu sot. D'où viens-tu ?

— De la cour du roi Arthur.

— Qu'y fis-tu ?

— Le roi m'a fait chevalier et me donna ces armes.

— Te les donna? s'étonne le châtelain. Et comment ?

Perceval raconte les événements passés à la cour du roi. Son hôte conclut :

— Arthur ne t'a pas réellement fait chevalier. Que sais-tu faire avec ton cheval ?

— Je le fais galoper où je veux et comme je veux.

— Et de ton armure, que fais-tu ?

— Je la mets le matin et je l'enlève le soir. Elle m'est si légère qu'elle ne me gêne en rien.

— Dis-moi, quel besoin t'amène ici ?

— Ma mère m'a enseigné d'aller vers les gentilshommes, de leur demander conseil et de croire ce qu'ils me diraient.

— Bénie soit ta mère, elle t'a donné de bien bons conseils. N'as-tu plus rien à me dire ?

— Si. Je voudrais que vous m'hébergiez ce soir.

Les yeux du gentilhomme brillent de plaisir.

— Je t'hébergerai si tu me fais un don. Acceptes-tu ?

— J'accepte. Quel est ce don ? demande Perceval un peu inquiet.

— Que tu croies à mes conseils comme à ceux de ta mère.

— J'y croirai.

Le gentilhomme aussitôt lui montre comment se servir de ses armes. Perceval apprend avec une facilité déconcertante le maniement de la lance, de l'épée, du bouclier presque aussi grand qu'un homme et si difficile à manœuvrer. Pour s'assurer que le jeune homme a bien compris les leçons, son maître lui demande :

— Alors, si tu rencontres un chevalier qui te frappe, que fais-tu ?

— Je le frappe à mon tour.

— Et si ta lance se rompt.

— Je lui cours dessus et je joue des poings.

Le gentilhomme hoche la tête.

— Non, non, ami, tu vas le chercher à l'épée.

Et joignant le geste à la parole, il prend son épée, se met en garde pour l'attaque et pour la défense.

— C'est ainsi qu'il te faudra parer et fondre sur l'adversaire.

— Ce me sera facile. Bien souvent, chez ma mère, je me suis escrimé contre des coussins ou des planches au point que j'en étais parfois rompu de fatigue.

— Allons au château. Tu y seras mon hôte.

Et tandis qu'ils marchent côte à côte, Perceval dit :

— Sire, ma mère m'a enseigné de ne pas parler à un gentilhomme sans savoir son nom.

— Bel ami, mon nom est Gornemant de Goort.

— Et le mien Perceval le Gallois.

En haut de l'escalier, un valet revêt le jeune homme d'un manteau court afin qu'il n'attrape pas froid après ses exercices, et lui tend une cuvette pour se laver les mains.

À la fin du dîner, Gornemant de Goort propose :

— Pourquoi ne resterais-tu pas ici un mois, un an même. Tu me serais une joyeuse compagnie.

— Sire, j'ignore si je suis près du manoir de ma mère. Mais lorsque je suis parti, elle tomba de chagrin sur le pont-levis et je ne sais comment elle se porte maintenant. Elle n'a que moi. Mon père est mort il y a longtemps. Aussi je partirai demain à l'aube.

À la première lueur du jour, Gornemant apporte à son hôte chemise, braies de fine toile de lin, chausses teintes en rouge de brésil, jarretière et cotte d'un drap de soie violet tissé en Inde.

— Ami, tu prendras ces vêtements.

— Voyez les habits que me fit ma mère : est-ce qu'ils ne sont pas mieux que ceux que vous m'offrez ?

— Erreur, jeune homme. Ils sont moins bien. D'ailleurs tu as promis de m'obéir.

— Je le ferai encore. Vous n'avez qu'à ordonner.

— Je vais t'adouber chevalier.

Il se baisse, chausse l'éperon droit, comme le veut la coutume. Tout autour, écuyers, valets se pressent pour armer le jeune homme. Gornemant de Goort ceint l'épée et donne l'accolade.

— En te remettant l'épée, je te confère l'ordre de chevalerie qui ne souffre aucune bassesse. Si ton adversaire est battu et demande grâce, écoute-le et ne le tue pas. Prends bien garde de ne pas trop parler. Qui ne sait retenir sa langue laisse échapper des méchancetés. Le sage déconseille un excès de paroles. Tu ne tueras jamais un chevalier. Si quelqu'un, homme, dame ou demoiselle te demande conseil ou aide, fais tout ce qui est en ton pouvoir. Enfin n'oublie pas d'aller prier Dieu pour qu'il ait pitié de ton âme et te garde comme son fidèle chrétien.

— Beau sire, soyez béni. Vous m'avez parlé comme ma mère.

Gornemant rit.

— Ne parle plus de ta mère à tout propos pour dire qu'elle t'a appris ceci ou cela car on te croira fou ou stupide.

— Que dirai-je ?

— Tu diras que ce sont les conseils du chevalier qui t'a chaussé l'éperon.

— Je vous salue car je suis impatient de montrer à ma mère que je suis devenu chevalier.

Gornemant de Goort lui fait le signe de croix sur le front.

— Que Dieu te préserve. Adieu.

10

L'ermite et le lion

Pendant que Perceval erre à la recherche de sa mère, Gauvain et Yvain reviennent à Carduel, le cœur content d'avoir longtemps tournoyé. Pour fêter leur retour, Arthur sert un dîner plantureux avec des huîtres chaudes, des cygnes au miel, des brochets à la menthe, des abricots venus de Terre sainte, des dattes et des melons. Autour de la Table ronde ils ne sont que neuf chevaliers à entourer le roi.

— Où se trouve Lancelot ? s'étonne Gauvain.

— Il a disparu. Personne ne sait s'il est vivant ou mort. Je ne le remplacerai pas autour de cette table avant de savoir ce qu'il est devenu. Quant au chevalier de Noire-Épine, il cherche Merlin en Petite Bretagne.

— L'Enchanteur ne vous a pas rendu visite, en notre absence ?

— Non, regrette Arthur. J'aimerais tellement le revoir.

Puis chassant de la main cette triste constatation, il ajoute :

— Racontez-nous plutôt vos exploits.

Gauvain commence à narrer avec talent leurs aventures, qui provoquent le rire et l'admiration de ses compagnons, lorsque Yvain s'écrie :

— Quand sera la Saint-Jean-Baptiste ?

— Elle est passée. On l'a fêtée il y a bien deux semaines. Pourquoi ?

Yvain devient blanc comme un mort.

— Qu'as-tu ? s'inquiète Arthur.

On entend alors dans l'escalier creusé dans l'épaisseur du mur une conversation animée. Un garde déclare d'un ton menaçant :

— Il est interdit de déranger le roi quand il discute autour de la Table ronde. Tu n'as qu'à l'attendre dans la grande salle.

— Je connais le roi. Il me laisserait monter si tu le prévenais de ma venue, répond une voix de demoiselle.

— Je ne le ferai sous aucun prétexte. J'obéis aux ordres. N'essaie pas de passer !

On entend un bruissement de soies et une exclamation :

— Ne me touche pas, malotru !

Des petits pas rapides montent les dernières marches de pierre et Lunette apparaît dans l'embrasure de la porte.

— Sire, ma maîtresse, la dame de Landuc, salue le roi et tous les chevaliers… sauf Yvain le mensonger, le traître, le déloyal, le tricheur qui l'a trompée et tant déçue. Ma dame croyait qu'il garderait son amour et reviendrait huit jours après la Saint-Jean-Baptiste. Elle a marqué tous les jours dans sa chambre car qui aime est en grand souci. Je te le dis, sans colère, Yvain, tu nous as trahies.

L'accusé se lève pour répondre mais la jeune fille lui coupe la parole.

— Ma dame te demande par ma bouche de ne jamais revenir vers elle et de lui rendre son anneau.

Yvain reste muet devant des paroles aussi cruelles. Lunette lui retire l'anneau et s'en va, laissant l'assistance dans un grand embarras. Alors Yvain se lève sans rien dire, ouvre la porte et descend l'escalier.

— À quinze jours près, cette dame ne devrait pas faire tant d'histoires ! remarque un compagnon.

— J'ai bien peur, remarque Gauvain, qu'Yvain supporte très mal cette rupture.

Au même moment, ils entendent crier et se précipitent aux fenêtres. Leur ami, sur le pont-levis, hurle comme un loup et s'enfuit à pied.

— Rattrapons-le, dit Arthur.

Mais on a beau le chercher par les haies et les vergers, Yvain reste introuvable.

Depuis plusieurs semaines, Yvain erre lamentablement dans les landes et les forêts. Tout nu, les cheveux hirsutes, il se nourrit d'herbes et de racines. Un matin, il croise un jeune chasseur qui s'apprête à viser un chevreuil. Aussitôt il lui vole son arc, blesse lui-même l'animal dont il détache la peau avec ses mains et ses dents pour mordre la chair crue.

Vivant comme un sauvage, dormant sur le sol dans une forêt pleine de ronces et d'épines, il aperçoit un matin, à l'orée d'une clairière, une petite maison de bois recouverte de fourrage. Quelques pas plus loin, le vieil ermite en longue robe brune avec capuchon tente de déraciner un arbrisseau. À voir un être humain, Yvain pousse une sorte de mugissement qui fait se retourner l'ermite. Dès qu'il aperçoit l'homme nu qui s'avance vers lui en tendant ses deux mains et en poussant des petits cris, il se réfugie dans sa chaumière et ferme la porte à clef. Là il fait le signe de croix et prie Dieu de protéger le fou et lui-même. Apaisé par la prière, son caractère charitable lui fait déposer sur le rebord de la fenêtre du pain et de l'eau. Aussitôt les yeux d'Yvain brillent de convoitise et il se jette sur la nourriture. Quoique le pain, pétri d'orge et de paille, soit dur et fadasse, sa faim est si grande qu'il dévore la miche et vide la cruche.

Rassasié, il disparaît dans la forêt, au grand soulagement de l'ermite qui souhaite ne jamais le revoir. Il le revoit pourtant, dès le lendemain, apportant deux lièvres qu'il dépose sur la margelle de la fenêtre. Content de cette viande inattendue, le saint homme l'invite :

— Tu peux venir ici quand tu le souhaites, mon pauvre ami.

— Mmmmmmmm, grogne Yvain.

Ainsi passent les jours : le chevalier insensé chasse et dépose à la fenêtre sa venaison. L'ermite apprend à détacher les peaux qu'il va vendre au marché. Avec ce bénéfice, il améliore la nourriture pour tous les deux : pain d'orge ou d'avoine sans brin de paille, et viande cuite à tous les repas.

Un jour d'automne, alors que Yvain dort sous un orme, une châtelaine et sa servante s'égarent dans la forêt. Apeurées par les ronces et les épines, elles le sont davantage en découvrant Yvain.

— J'aperçois un homme nu, là-bas, sous l'orme ! s'alarme la châtelaine. Va voir s'il est encore vivant.

La servante s'approche prudemment. Elle constate que l'homme respire et que son visage est beau, malgré la saleté. Elle rassure sa maîtresse.

— Le jeune homme est bien fait de corps et de figure. Que lui est-il arrivé ? Un très grand chagrin sans doute car la douleur peut rendre fou. Il a certainement perdu l'esprit, pour se traîner dans cet état misérable.

Et après un moment de réflexion :

— Dame, j'ai une idée ! Si nous pouvions le guérir, il vous aiderait à vous défendre contre ce comte Alier qui vous fait sans cesse la guerre.

— Tu as raison. S'il est un chevalier, il me sera de grand secours. Je connais un moyen de lui sortir la folie de la tête. Tu as entendu parler de la fée Morgane, la demi-sœur du roi Arthur. Elle demeure dans l'Autre monde, sur l'île d'Avalon habitée par des fées et où personne ne meurt. Jadis, quand j'étais petite fille, j'ai rendu service à cette fée en lui donnant un des paons qu'élevait mon père. C'était défendu et je craignais sa colère. Aussi, pour me remercier, Morgane m'a donné un onguent pour toutes les rages de tête.

Arrivée au château, la châtelaine confie à sa servante l'onguent magique en précisant :

— Tu frottes légèrement les tempes et le front et tu gardes précieusement le reste. Et tu lui apportes une robe, un manteau, une chemise, des braies et des chausses neuves.

Elle éclate de rire :

— Il faut être insensé pour se promener tout nu !

Tenant par la bride un deuxième cheval, la servante chevauche dans la forêt. Lorsqu'elle reconnaît l'orme, elle attache les palefrois à l'écart et s'approche du chevalier. Elle est si attendrie par le malheureux qu'elle le touche avec l'onguent sur tout le corps, jusqu'à ce qu'il ne reste plus rien dans la boîte. Puis elle dépose les habits et se cache derrière un buisson.

L'effet de l'onguent est rapide. Yvain s'étire, s'assied, s'aperçoit qu'il est nu comme l'ivoire, jette un regard inquiet autour de lui par crainte d'être découvert dans cet état honteux. Heureusement il n'y a personne. Si quelqu'un le reconnaissait, il serait pour toujours la risée de la chevalerie. Lorsqu'il est vêtu, il fait quelques pas et aperçoit la servante qui chevauche un peu plus loin, faisant semblant de l'ignorer.

— Eh ! Demoiselle ! Par ici !

L'air faussement étonné, la demoiselle le rejoint d'un pas tranquille, et courtoisement lui demande :

— Vous m'avez appelée, que voulez-vous ?

— Sage demoiselle, j'ignore par quelle malchance je me trouve dans ce bois. Peux-tu me prêter ou me donner le palefroi que tu tiens par la bride, car je suis chevalier.

— Volontiers, sire chevalier, si vous venez avec moi.

— De quel côté ?

— Jusqu'à un château, près d'ici.

Se rappelant les devoirs de la chevalerie, Yvain demande :

— Demoiselle, es-tu en grand danger ? Puis-je te rendre service ou te sauver la vie ?

— Peut-être, mais vous ne me paraissez pas en bonne santé. Il faudra d'abord vous reposer une quinzaine de jours. Prenez ce cheval et suivez-moi.

En chevauchant sur un pont, la demoiselle jette la boîte d'onguent vide dans la rivière. Elle racontera à sa maîtresse qu'elle a failli se noyer.

Une fois au château, la servante lave le chevalier, lui rase la barbe, raccourcit ses cheveux, l'aide à s'habiller. Puis la châtelaine lui donne un destrier de belle taille.

À peine Yvain est-il remis de son vagabondage, que le chevalier Alier fait une descente sur la ville qu'il incendie et pille avec ses hommes. Aussitôt les gens du château poursuivent les pillards. Du haut de la tour, la dame voit Yvain frapper, blesser, tant et si bien que les pillards s'enfuient et que le comte Alier est obligé de se rendre. Désarmé, prisonnier, il s'incline devant la châtelaine :

— Vous avez devant vous, Dame, un homme vaincu. Aussi je vous jure de faire la paix pour toujours, de réparer les dégâts commis par ma faute et de relever toutes les maisons abattues.

Lorsque le comte Alier est retourné dans ses terres, Yvain dit à la demoiselle :

— Je vais saluer ta maîtresse et prendre congé.

— Sot que vous êtes, restez. Elle ne demande qu'à vous épouser.

— La dame est belle et généreuse, mais j'ai dans le cœur une douleur d'amour qui m'empêche d'accepter cet honneur. Je vais lui dire adieu et la remercier de m'avoir si bien accueilli.

Quoique ce retour soit sans espoir, Yvain ne peut s'empêcher d'espérer et s'en retourne en Petite Bretagne, là où se dressent le pin couvert d'oiseaux et le château de la dame de Landuc. Après plusieurs jours sans rencontrer d'aventures, il entend un cri terrible et galope aussitôt pour porter secours. Sur un terrain grossièrement défriché, un énorme serpent enserre un lion avec sa queue et crache des flammes sur son dos. Yvain hésite. Qui tuera-t-il en premier ? Le lion ou le serpent ? Ce dernier étant une bête venimeuse et traîtresse, c'est par elle qu'il commencera. Il tire son épée et brandit son bouclier devant les flammes que vomit le reptile, lui tranche la tête puis le découpe en morceaux. Il s'apprête alors à combattre le lion qui, selon toute vraisemblance, l'attaquera. Mais le roi des animaux, doux et soumis, étend ses deux pattes jointes, incline sa tête, la face mouillée de larmes. Cette marque de reconnaissance soulage Yvain qui essuie le venin de son épée, la remet dans son fourreau, et remonte sur son cheval.

À son grand étonnement, le lion marche auprès de lui, comme un ami. Les deux compagnons errent ensemble pendant plusieurs jours. Le lion tue de temps à autre un chevreuil, Yvain frotte deux silex pour allumer du petit bois bien sec et se faire cuire une cuisse, laissant le reste au fauve. La nuit, l'animal surveille les environs, tandis que Yvain dort, sa tête posée sur son bouclier.

Et voilà qu'un beau soir, l'errance les conduit à la fontaine sous le pin avec la pierre d'émeraude et le bassin d'or fin. Yvain est bouleversé. Les souvenirs se bousculent dans sa tête : ceux du bonheur et ceux du désespoir. La douleur est si forte qu'il tombe évanoui sur le sol, et l'épée qu'il tenait à la main transperce les mailles de son haubert et entame sa peau. Le sang coule. Affolé, le lion retire l'épée avec ses dents, puis traîne le chevalier par son manteau jusqu'à un tronc d'arbre contre lequel il essaie de l'asseoir. Yvain revient à lui et caresse doucement la crinière de son sauveur.

Mais en revenant à lui, Yvain retrouve le souvenir de la dame de Landuc qui maintenant le déteste. « Pourquoi ne pas me tuer, songe-t-il. Pourquoi rester en vie quand toute joie est partie ? Celui qui, comme moi, perd son bonheur par sa faute, doit se haïr jusqu'à la mort. »

Et tandis qu'il se lamente sur son sort, une jeune fille, enfermée dans la chapelle proche, l'entend par la fenêtre.

— Qui est là ? demande-t-elle. Qui gémit ainsi ?

— Et vous, qui êtes-vous ?

— Je suis une prisonnière. La plus malheureuse qui vive.

Le chevalier ne partage pas son avis :

— Tais-toi, folle ! Ton malheur n'est rien par rapport au mien. Plus on a été heureux, plus on se retrouve accablé quand la disgrâce vient !

La demoiselle ne pense pas de la même façon.

— Vos maux ne sont rien à côté des miens. Vous pouvez aller partout où vous voulez. Moi je suis enfermée jusqu'à ce qu'on me mette à mort.

— Dieu ! dit-il, et pour quel forfait ?

— Sire chevalier, je n'ai pas mérité cette peine. Je suis en prison parce que je suis accusée de trahison. Et si personne ne me défend, demain je serai brûlée ou pendue.

— Tu es moins malheureuse que moi, conclut Yvain. Car quelqu'un peut te délivrer de ce péril.

— Oui, mais qui ? Personne n'acceptera de se battre seul contre trois.

— Ils sont donc trois !

— Oui, ils sont trois ceux qui me disent traîtresse. Et je ne connais que deux chevaliers qui pourraient me sauver.

— Lesquels ? Qui sont ceux qui vous aiment assez et qui sont assez hardis pour combattre contre trois.

— L'un est messire Gauvain, et l'autre est messire Yvain à cause de qui je serai demain livrée à la mort.

Yvain frémit.

— À cause de qui dis-tu ?

— Yvain, le fils du roi Urien.

Le chevalier est fort surpris.

— Je suis Yvain ! N'es-tu pas Lunette, toi qui m'as sauvé lorsque le couperet d'une porte a coupé mon cheval en deux ? Sans toi je serais mort. Mais dis-moi, qui t'accuse de trahison ?

— Le sénéchal au château. Parce que j'ai recommandé à ma maîtresse de vous prendre pour époux. Je pensais qu'elle en aurait beaucoup de joie. Mais vous n'êtes pas revenu après la Saint-Jean-Baptiste. Et son sénéchal, en pleine cour, m'accusa d'avoir trahi ma dame. En entendant ce reproche, je fus si troublée, si éperdue, que je dis que je me ferai défendre par un chevalier contre trois. Le sénéchal a ri, et m'a demandé de trouver ce chevalier en trente jours. J'ai été jusqu'à la cour du roi Arthur, mais il n'y avait personne.

— Et Gauvain, si bon, si généreux, où était-il donc ? Jamais son aide ne manque à une demoiselle en détresse.

— Il était parti en aventure. Aussi demain je mourrai par votre faute.

— Il ne plaît pas à Dieu que l'on te fasse du mal à cause de moi. Je sais que ce combat t'épouvante, mais je te défendrai. Tu diras que mon nom est « le chevalier au lion ». Je dormirai dans ce bois car je ne connais pas de maison dans le voisinage.

— Que Dieu vous fasse passer une bonne nuit, et vous garde de tout malheur.

À l'aube du lendemain, on dresse un grand bûcher surmonté d'un poteau pour attacher la jeune fille. Quatre gardes conduisent Lunette, en chemise, qui cherche désespérément dans la foule assemblée son protecteur. Pourquoi n'est-il pas là ? Ne s'est-il pas réveillé ? L'aurait-il trompée par de fausses promesses ?

Les gardes la conduisent au bûcher, devant lequel elle s'agenouille pour une dernière prière. Déjà l'un d'eux s'approche avec une torche, lorsqu'un cavalier inconnu, dissimulé sous son heaume et accompagné d'un lion, arrive au galop en criant :

— Laissez la demoiselle, mauvaises gens !

Vous n'avez aucune raison de la brûler car elle n'a pas commis de faute.

Le sénéchal et ses deux frères ricanent. Le plus jeune s'adresse à Yvain :

— Il est bien naïf celui qui croit les paroles d'une femme. Elles sont toutes promptes à mentir. Tu n'es qu'un sot de venir mourir pour elle. Tu es seul et nous sommes trois. Retourne-t'en avant qu'il ne t'arrive du mal.

— Seul celui qui a peur s'enfuit. Je ne crains pas vos trois lances ni vos trois épées. Lunette est accusée à tort car elle n'a jamais trahi sa maîtresse.

— Dis ce que tu veux, répond le sénéchal, mais que ton lion ne nous gêne point.

— Je ne l'ai pas amené pour se battre, mais s'il vient à attaquer, je n'y pourrai rien.

Et se tournant vers l'animal il ajoute :

— Recule, couche-toi et reste tranquille.

Alors commence le combat. Yvain, de son bouclier, arrête l'assaut des lances, puis avec la sienne donne un coup si violent au sénéchal que celui-ci tombe sur le sol où il reste étendu. Les deux frères, de leurs épées nues, frappent de grands coups sur Yvain qui répond deux fois plus vite. Mais le sénéchal reprend conscience, se relève, et de toutes ses forces frappe Yvain et le blesse. Les autres frappent à leur tour et mettent le chevalier très mal en point.

Voyant son maître en grand danger, le lion court à son secours. Rageusement, il assaille le sénéchal et fait voler les mailles de son haubert comme des fétus de paille. Les deux autres attaquent le lion et le blessent sérieusement. Alors Yvain donne un coup fatal au sénéchal, et malmène si furieusement les deux frères qu'ils se rendent.

On délivre Lunette à la grande joie de ses amies. La dame Landuc, qui n'a pas reconnu Yvain sous son heaume, s'approche et lui dit :

— Je vous prie de venir dans mon château pour vous reposer, vous et votre lion.

— Dame, je ne pourrai demeurer que lorsque ma dame m'aura pardonné et ne sera plus fâchée. Alors finira toute ma peine.

— Voilà une dame peu courtoise qui refuse de vous pardonner. À moins que vous l'ayez gravement outragée.

— Ne m'en demandez pas plus, car de ce forfait je ne parlerai pour rien au monde, si ce n'est à ceux qui le connaissent déjà.

— Venez quand même dans mon château, insiste la châtelaine.

— Pour cela il faudrait que j'eusse permission de ma dame.

— Adieu donc, beau sire ! Que cette dame change votre peine en joie.

Et tandis qu'elle s'éloigne, Yvain murmure :

— C'est vous qui détenez la clef de mon bonheur, mais vous ne le savez pas.

Tristement il part avec son lion gravement blessé. Il l'allonge dans son bouclier, recouvert de mousse et de fougère, et le porte, malgré le poids, jusqu'à la forêt.

11

Le retour de Méléagant

Arthur ne chante pas à la messe. Il s'inquiète. Pourquoi Merlin ne revient-il pas ? Trouve-t-il que lui, Arthur, est indigne de la tâche qu'il lui a confiée ? Est-il déçu qu'aucun chevalier n'ait trouvé le Graal qui assurerait la paix et le bonheur dans le royaume ? Mon Dieu qu'il est difficile d'être roi !

Pour le déjeuner, premier repas du jour, du lait, des omelettes, une soupe de lentilles et d'orge, du fromage de brebis, des beignets au miel sont déposés sur la table. Par les étroites et hautes fenêtres grillagées parvient une lumière grise.

— Il y a tellement de brouillard qu'on ne voit même pas où tombe sa flèche, remarque un chevalier. Impossible de chasser.

— Nous jouerons aux échecs, répond son voisin. Je prendrai les rouges, ils me portent chance.

— Le long hiver commence ! se plaint le premier.

La conversation est morne, lorsqu'un valet arrive en courant :

— Sire, un chevalier, très grand et très fort, demande à vous voir.

Arthur sourit de satisfaction. Enfin il se passe quelque chose au château.

— Qu'il vienne. Je le recevrai volontiers, dit le roi avec sa bienveillance habituelle.

Un homme grand, corpulent, au visage dur, entre dans la salle. Arthur blêmit en le reconnaissant. Par courtoisie il le salue :

— Sois le bienvenu, Méléagant !

— Je viens me battre dans ta cour contre Lancelot du Lac, comme il a été convenu l'année passée. Si je suis vainqueur, j'aurai le droit de repartir avec la reine.

— Lancelot n'est pas ici, répond Arthur.

— Je l'attendrai.

Méléagant ricane, sans que personne n'en comprenne la raison.

— Je l'attendrai, mais une semaine seulement. S'il n'est pas revenu, je combattrai contre un autre chevalier. Je suis installé à l'auberge du « Sanglier grommelant ». J'y attendrai de vos nouvelles.

Et il repart à grandes enjambées. À peine a-t-il quitté la salle que Ké s'empresse d'intervenir :

— Je sollicite l'honneur de remplacer Lancelot en son absence.

Les chevaliers et écuyers, connaissant la vantardise de Ké, soupirent discrètement.

— Je vais parler à Guenièvre, dit le roi en se levant.

Dans sa chambre, Guenièvre arpente nerveusement les soucis qui couvrent le sol. À peine voit-elle entrer son époux qu'elle déclare :

— J'ai aperçu Méléagant et je sais pourquoi il vient.

L'inquiétude donne aux yeux de Guenièvre un éclat douloureux qui la rend encore plus belle et le cœur d'Arthur se serre d'émotion.

— En l'absence de Lancelot, Ké est prêt à le remplacer au combat, dit-il.

Guenièvre se fâche :

— Parce que tu crois que Ké est aussi preux et hardi que Lancelot ? Tu veux remplacer le meilleur chevalier du monde par un combattant ordinaire !

— C'est un bon chevalier et j'ai promis à Antor de lui donner une vie digne.

— C'est moi que tu abandonnes en livrant mon sort à la pointe de son épée.

Arthur ouvre des bras impuissants.

— Sais-tu, toi, où se trouve Lancelot ?

— Vraisemblablement dans le royaume de Gorre.

Le roi ouvre des yeux ahuris.

— Tu veux dire que Méléagant sait très bien que Lancelot ne sera pas là et qu'il sera aisément vainqueur d'un autre chevalier ?

— Oui. Sauf Gauvain !

— Gauvain est parti en Écosse porter secours à une demoiselle. Je n'ai jamais vu un chevalier rencontrer autant de demoiselles en détresse !

Puis prenant les mains de son épouse.

— Guenièvre, quand tu n'es pas là, tous mes châteaux deviennent tristes et ennuyeux. Réfléchissons tous les deux aux moyens de retrouver Lancelot, si c'est possible.

Guenièvre, à la fenêtre, regarde la pluie tomber en petites gouttes régulières qui font briller les dernières feuilles du verger. Les idées vont et viennent dans son esprit, disparaissent, surgissent à nouveau car aucune n'est vraiment satisfaisante. Des larmes coulent sans qu'elle s'en aperçoive, tant la perspective de partir avec Méléagant est abominable. Un an plus tôt, lorsqu'elle a donné son accord pour ce tournoi, c'était avec la certitude d'avoir Lancelot pour défenseur. Elle se rappelle avec émotion, lors du précédent tournoi, la soumission du chevalier, héroïque ou ridicule selon ses ordres. Soudain, elle se souvient du petit héraut, qui s'époumonait en criant : « Voici celui qui gagnera. » Il s'appelait Guinas. Elle a entendu dire qu'il conduit les cochons à la glandée. Un garçon discret pour son jeune âge, puisqu'il n'a jamais révélé le nom de son maître.

Dans l'après-midi, accompagnée par sa première demoiselle, habillée modestement d'un manteau de laine gris, une longue écharpe autour de la tête, elle se rend sur un palefroi noir dans la forêt de chênes la plus proche. Par chance Guinas est facile à trouver, car aimant bien crier, il apostrophe ses cochons :

— Allez, suivez-moi, ici il n'y a plus de glands à dévorer ! Plus loin vous vous remplirez la panse et deviendrez de bons jambons. Vous ignorez, stupides bêtes, comme le jambon est bon !

Il rougit en apercevant les dames à cheval et s'incline respectueusement.

— Bonjour, Guinas.

— Bon… jour, …dames.

— Tu n'es plus héraut dans les tournois ?

— C'était exceptionnel. J'aimais bien crier au milieu des chevaux, sous le regard des belles demoiselles… comme vous. Remarquez, le métier n'est pas facile ! Il faut se faufiler entre les chevaux, éviter les coups d'épée, suivre son maître… C'est dommage, il a disparu !

— Que sais-tu faire, Guinas !

— Un peu de beaucoup de choses. J'ai aidé dans différents endroits. Mais ce que j'ai préféré, c'est servir comme héraut.

— Veux-tu rendre service à la reine en même temps ?

— À la reine ! À la femme du roi Arthur ! Moi, Guinas, je pourrais lui être utile ! Béni soit Dieu !

Les dames descendent de cheval, et s'assoient sur un tronc couché, encore humide, qui leur sert de banc.

— Je suis préoccupée, dit Guenièvre, car un chevalier est venu pour emmener la reine !

— Canaille ! Malotru ! Chien enragé !

— Seul Lancelot peut l'en empêcher. Te souviens-tu, par hasard, de paroles qu'il aurait dites ? De précisions qu'il t'aurait données ?

Guinas est déçu que son secret soit maintenant connu.

— Ah ! vous connaissiez le chevalier que je servais !

Néanmoins il ferme les yeux pour mieux se concentrer.

— Il était plutôt muet comme une carpe. Mais quand je suis entré dans son réduit, il a dit… misère je ne me souviens pas… il a dit… j'ai le mot sur le bout de la langue, il a dit…

La reine, suspendue à ses paroles, l'encourage :

— Il a dit…

— C'était une histoire de connétable, il m'a dit, ça y est, j'ai trouvé, il m'a dit : « Est-ce Bertrand le connétable qui t'envoie ? »

— C'est tout ?

— C'est tout. J'ai même pensé qu'il regrettait sa question.

Guenièvre se lève :

— Je te remercie. Ramène tes cochons à leur étable et viens me retrouver au château, demain après la messe, près du puits. J'ai une mission urgente à te confier.

Sur le chemin de retour, la demoiselle demande :

— Qu'avez-vous compris, dame, qui vous a tant réjouie ?

— Lancelot est retourné dans le pays de Gorre, où un certain « Bertrand le connétable » le retient. J'espère qu'il reviendra à temps. J'enverrai Guinas le chercher.

Le lendemain, à midi, sur un palefroi gris, Guinas caracole sur le pont-levis. Il n'a jamais monté un animal aussi magnifique, ni porté tant de vêtements. Avec émerveillement il se répète : une chemise de lin très douce, des braies de soie couvertes par des chausses attachées par une jarretière verte, une robe de laine aux manches étroites, serrée à la taille par une ceinture, un manteau accroché à l'épaule par une fibule, de belles bottes rouges imperméables, de longs gants de peau, et en cas de pluie, une pèlerine de laine non dégraissée avec un capuchon. Il est le plus heureux des garçons de quatorze ans et s'imagine être un chevalier errant en quête d'aventure. En réalité sa mission est précise : se rendre dans le pays de Gorre, découvrir Bertrand le connétable, apprendre où se trouve Lancelot et le délivrer.

Il a les poches remplies d'écus, une bague de la reine, et accroché à sa belle ceinture en peau de sanglier un petit glaive bien aiguisé dans son fourreau. Derrière lui, sur un cheval de bât, sont empaquetés les vêtements et les outils pour le prisonnier : scie, marteau, corde, clous, hache, poulie.

« L'aventure, en vérité, c'est facile », se répète Guinas avec ivresse tout le long du chemin.

En fin d'après-midi, cependant, il lui faut changer d'avis. Le chemin qui conduit vers le nord s'arrête devant une petite rivière. Guinas la longe jusqu'à ce que l'eau soit suffisamment basse et s'apprête à traverser, lorsqu'un chevalier surgit sur l'autre rive.

— Je suis le chevalier Urbain, déclare-t-il et t'apprends qu'il est interdit de traverser ce gué.

— Et pour quelle raison ?

— C'est mon amie qui l'exige. Je dois prouver ma vaillance en combattant pendant un an avec tout chevalier voulant traverser la rivière.

— Je ne suis pas chevalier, donc tu n'as pas à te battre avec moi.

— Nous n'avons pas envisagé cette situation. Mais tu ne traverseras pas.

Guinas s'impatiente :

— Tu commences à m'énerver. Je suis pressé. Laisse-moi expliquer la situation à ton amie, elle comprendra.

— Elle se trouve dans la tente que tu aperçois là-bas. En réalité cette tente cache un château.

« Il est fou, songe Guinas. Si je ne veux pas perdre de temps avec lui, mieux vaut s'en débarrasser tout de suite. »

Il sort d'une petite bourse accrochée à sa ceinture la bague de la reine. Lentement et distinctement, comme lorsqu'on s'adresse à un imbécile, il explique :

— Tu as peut-être une amie dans un château, mais moi j'ai une mission pour la reine Guenièvre.

— Je ne te crois pas.

— Prends cette bague et regarde-la longtemps. Si tu la trempes dans l'eau, tu apercevras à l'intérieur de la pierre le portrait de la reine, avec ses beaux cheveux blonds et ses yeux bleus comme le ciel. Alors tu me croiras.

Intrigué, Urbain descend de cheval, traverse le gué, prend la bague et s'approche de l'eau. Tandis qu'accroupi il tourne le dos au garçon en essayant d'apercevoir Guenièvre dans le bijou,

Guinas prend un outil dans le sac attaché sur le cheval de bât, s'approche du gentilhomme et lui donne un bon coup de marteau sur le crâne. Urbain s'effondre, le garçon reprend la bague en songeant :

« Ce n'est vraiment pas difficile d'être chevalier. »

À peine a-t-il pensé cette réconfortante maxime, qu'un fracas épouvantable retentit et qu'il entend une voix féminine dire :

— Guinas, nous te maudissons car tu viens de nous causer la plus vive douleur que nous ayons jamais éprouvée.

Une autre voix de femme ajoute :

— Urbain, réveille-toi, sinon tu m'auras définitivement perdue.

Comme le chevalier ne bouge pas, une foule d'oiseaux noirs au bec pointu obscurcit le ciel. Certains tentent de réveiller Urbain par de doux picotements, tandis que la plupart harcèlent le jeune garçon avec des coups de bec furieux. Pour protéger son visage, Guinas sort son glaive et l'agite frénétiquement devant lui. Il frappe si énergiquement qu'il ouvre le ventre d'un oiseau, en faisant jaillir ses entrailles. Une fois tombé sur le sol, l'oiseau se transforme en un corps de femme extrêmement beau. Guinas, fasciné, contemple sa victime, lorsque les oiseaux saisissent la jeune femme et l'emportent dans les airs. Le garçon, éberlué, reste le nez en l'air, tandis qu'Urbain se relève péniblement.

— Je ne t'ai pas menti, dit-il. Le fracas que tu as entendu provenait de l'écroulement du château. Remercie Dieu que les oiseaux ne t'aient pas rendu aveugle. Ils ont eu pitié de ta jeunesse.

— Qui était cette femme déguisée en oiseau ?

— Celle que tu as tuée ? La cousine de mon amie. Elle ne risque rien, elle est maintenant dans l'île d'Avalon, avec Morgane, la sœur d'Arthur. Adieu.

Urbain retraverse le gué. Sur l'autre rive, à la distance d'une portée de carreau d'arquebuse, des dizaines de demoiselles se rassemblent autour de lui. La curiosité pousse Guinas à remonter sur son palefroi pour les rencontrer, lorsque tout disparaît : demoiselles, Urbain et le cheval.

— Ça, c'est certainement une aventure, conclut le garçon avec fierté.

Il est maintenant facile d'entrer dans le royaume de Gorre. Depuis que Guenièvre est retournée chez Arthur, « Le Pont de l'Épée » est devenu un vulgaire pont en bois, vite franchi.

Dans le château royal, le connétable de Méléagant est facile à découvrir. Il demeure dans la haute cour du château qui domine la mer. En fin d'après-midi, il monte dans une barque avec un petit panier et rame jusqu'à l'île inhabitée où s'élève la tour de pierre. Puis il revient au crépuscule.

« Sans doute apporte-t-il à Lancelot son repas », pense Guinas.

Contre quelques bons écus il loue une barque. Au petit matin, il charge la barque de ses outils et d'un repas pour se rendre dans l'île. La mer est calme car l'île est entourée par une succession de rochers sur lesquels se brisent les vagues.

« Il est facile de voyager en mer », conclut Guinas.

La tour est totalement close, excepté une petite ouverture d'où pend une corde. C'est certainement par ce moyen que Bertrand fait monter l'unique repas de la journée. Pour annoncer sa présence, Guinas chante à tue-tête :

Belle est la reine Guenièvre
Qui a perdu le bonheur.
Car elle ignore la demeure
Du chevalier de son cœur.

— Qui es-tu ? demande la voix de Lancelot.

— Je suis Guinas, votre héraut. Je vous apporte des outils pour sortir de votre prison. Méléagant vous attend chez le roi. Il faut faire vite.

— Comment savoir que tu n'es pas un espion de cet infâme ?

— J'ai une bague de la reine. La voilà.

Et pêle-mêle, il dépose dans un panier la bague, le marteau, la scie, les clous, un poulet rôti et une bouteille de bon vin.

— Merci, dit Lancelot. Je vais agrandir le trou jusqu'à ce que Bertrand revienne. Préviens-moi de son arrivée en sifflant, et débarrasse-toi de lui.

Guinas se répète en riant :

— Je vis encore une aventure. Je sauve un chevalier, et je le débarrasse de son ennemi.

Pourtant, au fur et à mesure que les heures passent, énervé par le bruit du marteau et le grincement de la scie, le garçon craint la rencontre avec Bertrand. L'homme est fort et certainement décidé à le tuer s'il l'aperçoit. Où se cacher sur cette île déserte et sauvage, sans aucune végétation ? La seule solution est de s'allonger à l'ombre d'un rocher, suffisamment près de la tour, le plus immobile possible.

Enfin le ciel se pare de grandes traînées roses et la barque de Bertrand sautille sur les flots. Guinas siffle au pied de la tour, puis se dissimule au ras du sol en se couvrant les cheveux de terre, la hache à ses côtés. Bertrand arrive d'un pas lourd, fait le tour du bâtiment puis attache son panier contenant le repas du soir. D'un bond Guinas arrive par-derrière, et d'un bon coup de hache lui fend le crâne.

— Messire, vous pouvez descendre, crie-t-il. Le connétable est mort.

Lancelot glisse le long de la corde, et tous deux courent jusqu'à la barque. Une fois sur l'eau, Guinas raconte ses aventures avec fierté et conclut :

— C'est simple d'être un bon chevalier. J'ai tué le connétable aussi facilement qu'une mouche.

— Cette action n'est pas digne d'un chevalier. Celui-ci n'attaque jamais en traître, sans prévenir, par-derrière et avec une hache. Dans ce cas il ne s'agit pas d'un combat, mais d'un assassinat.

Guinas ouvre de grands yeux épouvantés et demande précipitamment :

— Je peux vous demander un don ?

— Tu peux.

— Je vous demande d'oublier que je suis un assassin.

— Tu viens de me sauver la vie et peut-être la vie de la reine. Je t'en serai toujours reconnaissant.

Mais ne recommence plus à tuer les gens comme des mouches.

Guinas est soulagé.

— La bague, qu'allez-vous en faire ? Vous n'en avez plus besoin !

— Je la garde sur mon cœur. Elle me fera gagner le tournoi.

— Quand vous aurez gagné, vous pourrez alors me la donner ? Cela me fera un souvenir.

Lancelot rit, trop heureux d'être en liberté.

— Un chevalier ne demande pas de récompense. C'est la reine qui décidera.

Dans le donjon du château de Carduel le roi réunit les chevaliers de la Table ronde pour le souper. Le sire de Noire-Épine, mort en Petite Bretagne, n'a pas encore été remplacé, Gauvain et Lancelot sont absents. En cette demi-saison, les uns portent encore le béret de toile, et d'autres déjà un gros bonnet mou en laine. Ceux-là portent leur gilet fourré dessous leur robe. En racontant leur chasse, ils partagent leur écuelle de soupe, deux par deux, à grandes lampées, et leur hanap de vin.

— Mes chers amis, dit le roi, nous sommes réunis ce soir pour choisir celui qui combattra demain contre Méléagant.

— Je me suis déjà proposé, déclare Ké.

— Je le sais. Mais Guenièvre, qui sera la principale victime d'une défaite, refuse que tu la défendes. Elle préfère choisir elle-même son défenseur puisqu'il y va de sa vie.

— Ton épouse ne m'aime pas, ne m'a jamais aimé, grogne Ké, vexé. D'ailleurs je la connais, elle ne veut que Lancelot ou Gauvain. Et les autres alors, ils ne savent pas tenir une épée !

— Arrête, Ké, dit le chevalier Yonet. Ce n'est pas le moment de faire des histoires.

Après un bref silence, un chevalier demande :

— Quand la reine choisira-t-elle ? Ce soir ?

— Demain matin.

— Au dernier moment !

— Elle espère encore que Lancelot arrivera à temps. Je veux seulement m'assurer que vous êtes tous prêts à accepter son choix.

Un chevalier au bonnet grenat hoche la tête.

— Sire, excusez-moi. Mes blessures ne sont pas encore cicatrisées et je me défendrai mal.

— Je préviendrai la reine.

À ce moment-là, par la fenêtre, monte une prodigieuse clameur.

— Que se passe-t-il ? dit Ké en se précipitant au grillage. La foule entoure quelqu'un que je discerne mal… Non, il n'a ni heaume ni bouclier… Il a l'air assez pauvre. Je me demande de qui il s'agit.

Un valet ouvre précipitamment la porte qui donne sur l'escalier :

— Sire, Lancelot du Lac vient d'arriver.

— Comment se porte-t-il ? demande Arthur en se levant.

— Maigre et pâle. On dirait qu'il sort d'un tombeau.

Le lendemain matin, dans le champ réservé aux combats de justice, le maître du tournoi fait installer les barrières pour délimiter la lice et repousse les curieux. Les deux combattants, heaume blanc et heaume bleu, se font face. Au signal, ils partent au grand galop et plongent leurs lances dans les boucliers avec tant de force que le bois de frêne éclate comme le bois dans le feu. Les chevaux ont pris un tel élan que, front à front, ils se repoussent et que les deux chevaliers se cognent poitrine contre poitrine. De même se heurtent les boucliers et les heaumes en faisant un tel bruit qu'on croirait des coups de tonnerre. Tout leur harnachement part progressivement en morceaux : sangles, étriers, rênes, arçons. Les chevaliers se retrouvent à terre, puis d'un seul bond se mettent debout et combattent comme deux sangliers. Les épées d'acier volent comme des oiseaux, lorsque celle de Lancelot pénètre sous le heaume de son ennemi, traverse le capuchon du haubert et pénètre dans son cou. Méléagant gémit et s'effondre.

Des hurlements d'enthousiasme, des larmes de joie, des soupirs de soulagement accompagnent la mort du fils de Baudemagus. Lancelot lève les yeux vers les loges où sourit Guenièvre. Puis il va retrouver Arthur, son seigneur.

12

Le Roi Pêcheur

Depuis longtemps déjà Perceval erre pour trouver le manoir de sa mère. Les chemins sont étroits, parfois impraticables en cette saison, et, n'ayant pas d'argent, il s'écarte des routes jalonnées de péages pour le franchissement d'un pont, d'une ville ou d'une vallée. Avec son heaume écarlate, comme ses chausses, ses bottes et son bouclier, il inspire la crainte aux brigands éventuels des forêts profondes. D'ailleurs le chevalier ne pense pas au danger, il se fait grand souci pour sa mère car il craint qu'elle ne soit morte.

Un après-midi, le brouillard se lève sur une large rivière qu'il ne sait comment traverser. Deux hommes assis dans une barque en descendent le courant. Perceval leur fait signe pour qu'ils viennent à son aide. Mais indifférents à son appel, ils s'arrêtent au milieu de la rivière pour jeter l'ancre et l'un d'eux, tranquillement, se met à pêcher à la ligne des poissons minuscules. Fort embarrassé, le chevalier leur crie :

— Seigneurs, dites-moi s'il y a un gué ou un pont pour traverser cette rivière ?

— Non, répond le pêcheur. Il n'y a ni bac, ni pont, ni gué, et un cheval ne peut pas la franchir.

— Je vous prie, où pourrais-je trouver un logis pour la nuit ?

— C'est moi qui vous hébergerai ce soir. Dans cette colline pierreuse, près de vous, il y a un passage et lorsque vous arriverez au sommet, vous apercevrez dans un vallon une maison près du bois.

Perceval s'empresse d'escalader le monticule. Une fois sur la hauteur, il cherche vainement des yeux une maison.

« Cet imbécile s'est amusé à me tromper et m'a raconté des sornettes », se dit-il mécontent.

Soudain une tour émerge dans le vallon auparavant désert. Une belle tour de pierre flanquée de deux tourelles, avec, en balcon sur une grande salle, des loges. Tout content, Perceval redescend dans la vallée, emprunte le pont-levis qu'il trouve baissé. À peine a-t-il fait quelques pas que quatre valets viennent à sa rencontre. Deux lui enlèvent son armure, le troisième emmène nourrir son cheval, le quatrième pose sur ses épaules un manteau d'écarlate. Puis ils le conduisent dans la grande salle carrée, illuminée de nombreux flambeaux. Sur un lit à la courtepointe chamarrée, est assis un respectable gentilhomme aux cheveux blancs, vêtu d'une robe pourpre. Penché sur son coude, il regarde un grand feu de bûches sèches dans une énorme cheminée. Il salue le nouvel arrivant :

— Ami, tu ne m'en voudras pas si je reste assis, mais j'ai de grandes difficultés à marcher.

— Seigneur, ne vous en souciez pas, c'est très bien ainsi.

Le gentilhomme ouvre ses bras en disant :

— Approche sans crainte et assieds-toi près de moi.

Perceval obéit. Son hôte l'interroge :

— D'où viens-tu aujourd'hui ?

— Je suis parti ce matin d'un château qui s'appelle Beaurepaire.

— Tu as eu une longue journée.

Perceval raconte avec véhémence son voyage depuis son arrivée à la cour d'Arthur, lorsqu'un valet sort d'une chambre, passe devant le lit en tenant une lance. Cette lance est éclatante de blancheur, quoique sur son tranchant coule un mince filet de sang qui glisse en larmes rouges vers la poignée. Perceval aimerait interroger son hôte sur cette arme qui saigne, mais il se souvient des paroles de Gornemant de Goort : « Prends bien garde de ne pas trop parler. Qui ne sait retenir sa langue laisse échapper des méchancetés. » Et cette peur de parler mal à propos le rend silencieux.

Pourtant il n'est pas au bout de ses surprises. Par la même porte, sortent deux hommes tenant chacun un lustre de dix cierges, suivis par une demoiselle portant une coupe d'or couverte de pierres précieuses. La lumière de cette coupe est si brillante qu'elle fait pâlir la flamme des cierges, comme la lune fait pâlir les étoiles. Après avoir traversé la pièce, l'étrange cortège disparaît derrière une porte. Quoique la curiosité lui brûle le cœur, Perceval fait de grands efforts pour ne rien demander.

Des valets installent la table devant le lit du châtelain et apportent le repas. Ils servent le vin et découpent une hanche de cerf dont ils déposent les morceaux sur un gâteau. À chaque nouveau plat, repasse le cortège de la lance qui saigne et de la coupe d'or. Perceval n'ose toujours pas questionner son hôte sur cette intrigante mise en scène. Il interrogera le lendemain un valet de la cour, quand il prendra congé du seigneur aux cheveux blancs.

Après le repas, l'hôte et le chevalier passent la veillée à bavarder tandis que les serviteurs dressent les lits et préparent des fruits pour le coucher : dattes, figues, grenades, pâte au gingembre d'Alexandrie.

— Ami, dit enfin le gentilhomme, il est l'heure de me coucher. Je retourne dans ma chambre et tu dormiras ici, quand tu en auras envie.

Quatre sergents robustes saisissent la courtepointe sur laquelle est assis le gentilhomme et l'emmènent dans une pièce voisine. Des serviteurs dressent des lits dans la grande salle pour les écuyers et l'invité.

Quoique le lit soit extrêmement confortable et les draps de lin fin particulièrement doux, Perceval a du mal à s'endormir. La richesse et l'étrangeté de cette soirée le maintiennent longtemps excité. Son réveil se révèle plus bizarre encore. La grande salle est déserte, sans écuyers, sans lits, sans paille sur le sol. Seules ses armes ont été déposées sur l'unique table. Le chevalier s'habille rapidement et descend dans la cour. Il y trouve le même abandon : ni sergent, ni valet, ni écuyer, ni palefrenier. « Sans doute sont-ils allés dans la forêt pour relever des pièges », songe-t-il. Mais il a beau appeler, seul un merle lui répond. Comme son cheval l'attend, tout harnaché, il le monte et franchit le pont-levis.

À peine la dernière patte de sa monture est-elle passée que le pont se relève. Perceval se retourne et crie :

— Dis-moi, toi qui as relevé le pont, parle un peu. Montre-toi, car je veux savoir pourquoi la lance saigne et la coupe d'or scintille si fort ?

Vaines paroles que le vent emporte.

Perceval s'éloigne, l'esprit très troublé. Au premier tournant, il se retourne une dernière fois : le château a disparu.

Toutefois il n'a guère le temps d'approfondir ces mystères, tant il est pressé de retrouver sa mère. Dans la clairière d'un bois d'ormes, à l'heure où le soleil est au zénith, il aperçoit une demoiselle qui crie, et pleure et se lamente.

— Que je suis malheureuse ! Maudite soit l'heure où je suis née. La mort me frappe bien cruellement.

En effet, la demoiselle tient sur ses genoux un chevalier sans tête.

— Demoiselle, qui a tué ce jeune homme que tu gardes si tendrement.

— Un chevalier, ce matin même. Mais vous, d'où venez-vous pour avoir un cheval si bien lustré avec un ventre si bien nourri ?

— J'ai été accueilli dans un manoir comme jamais je ne l'ai été de ma vie.

— Ah ! vous fûtes donc l'hôte du riche Roi Pêcheur ?

— Je ne sais s'il est pêcheur ou roi, mais il est riche et très courtois. Son manoir me fut indiqué par deux hommes dans une barque.

— L'un d'eux était le roi. Il fut blessé aux hanches par un javelot lors d'une bataille et perdit l'usage de ses jambes. Il ne peut monter à cheval et se distrait en pêchant à la ligne.

— En effet, comme il ne pouvait se lever, il me demanda de m'asseoir à ses côtés.

— C'est un grand honneur qu'il vous fit là. Avez-vous vu la lance dont la pointe saigne, bien qu'il n'y ait ni chair ni veine ?

— Certes oui.

— Avez-vous demandé pourquoi elle saignait ?

— Non.

— Dieu ! Vous avez eu grand tort ! Avez-vous vu le Graal ?

— Qu'est le Graal ?

— Une coupe d'or, couverte de pierreries. Elle contient le secret du bonheur et de la paix sur la terre.

— Je l'ai vue portée par une jeune fille.

— Avez-vous demandé où elle allait ?

— Non. Pas une parole n'est sortie de ma bouche.

La demoiselle est catastrophée.

— Terrible bêtise ! Quel est votre nom ?

— Perceval le Gallois !

— Maintenant ce sera Perceval l'infortuné. Le Roi Pêcheur depuis des siècles ne peut ni retrouver la santé, ni cesser de vivre. Si vous aviez posé des questions, il aurait été guéri. Tout cela est votre faute, car vous avez fait mourir votre mère de douleur !

— Ma mère est morte ! Comment le sais-tu ?

— Je l'ai vue mettre en terre.

Perceval reste un long moment silencieux, accablé de tristesse.

— Si ma mère est morte, je n'ai aucune raison d'aller par ce chemin. Je vais prendre une autre direction. Si tu veux venir avec moi, j'en serai content.

— Je ne peux m'en aller avant d'avoir enterré mon ami. Faites un bon voyage.

Et Perceval s'éloigne, laissant la demoiselle seule, toute à son chagrin.

Le lendemain, dans une lande parsemée de chardons, il aperçoit un palefroi chétif et décharné. Ses oreilles pendent toutes flasques et ses os pointent sous la peau. Dessus est installée la plus misérable demoiselle que Perceval ait rencontrée. Sa robe est rapiécée avec de grosses coutures, et des dizaines de nœuds cachent les déchirures. Sous ses cheveux en désordre, son visage est ravagé par les larmes. La malheureuse implore son secours et Perceval galope pour lui apporter aide et réconfort, comme le doit tout chevalier.

— Délivrez-moi, je vous en supplie, de celui qui m'oblige à mener une si triste existence. Il ne veut pas me quitter, et m'oblige à vivre dans cette misère. Je n'en peux plus, je suis désespérée.

Elle baisse la tête et dit :

— Je vous souhaite d'obtenir tout ce que vous désirez.

Puis elle ajoute dans un murmure :

— Je ne devrais pas vous souhaiter cela.

Perceval, qui a l'oreille fine, s'étonne :

— Que me reproches-tu ? Je ne t'ai jamais vue, ni fait le moindre tort.

— Ah ! Messire, taisez-vous, fuyez d'ici et laissez-moi en paix.

Perceval ne peut s'empêcher de rire :

— Moi fuir ! Et d'où viendrait ma peur ? Personne ne me menace !

— N'attendez pas que l'Orgueilleux de la lande revienne. S'il vous trouve ici, il vous tuera sur-le-champ.

Elle tourne la tête et dit :

— Trop tard !

En effet l'Orgueilleux sort du bois en soulevant un nuage de poussière, et arrive sur eux au grand galop. Il s'écrie :

— Malheur à toi qui t'es arrêté auprès de mon amie ! Je vais te tuer, mais auparavant je te dirai pourquoi je la traite ainsi. Un jour j'ai laissé dans ma tente cette demoiselle que j'aimais plus que tout au monde. Par là passa un jeune Gallois, qui lui prit un baiser, soi-disant de force. Peut-être était-elle contente de ce baiser. En tout cas il lui prit son anneau, but mon vin et mangea mes pâtés. Cet homme-là, quand je le rencontrerai, avec joie je le ferai souffrir avant de le tuer.

— C'est moi qui lui ai pris un baiser de force et lui enlevai son anneau. Je suis désolé, j'obéissais à ma mè… à personne. Je suis navré qu'elle ait été si punie.

L'Orgueilleux lève les bras de satisfaction :

— C'est merveille de t'entendre avouer cette faute. Ainsi, de ton propre aveu tu mérites la mort.

— La mort n'est pas aussi proche de moi que tu l'imagines, dit Perceval.

Sans un mot de plus, tous deux fondent l'un sur l'autre. Leurs lances volent en éclats. Ils se poussent, tombent, se relèvent, tirent l'épée et se portent des coups furieux. Enfin l'Orgueilleux de la lande, vaincu, demande grâce.

Perceval qui se souvient des conseils de Gornemant de Goort, lui laisse la vie sauve.

— Je te fais volontiers grâce à condition que tu ne traites plus cette demoiselle comme tu l'as fait.

— Je te le promets, dit l'Orgueilleux qui aime la jeune fille plus que la prunelle de ses yeux.

— Conduis-la dans un manoir où tu puisses la baigner et lui permettre de se reposer. Quand elle sera redevenue belle, va saluer le roi Arthur pour se mettre à son service. Dis-lui que je suis le jeune homme qu'il fit Chevalier Vermeil grâce au conseil de Ké le sénéchal. Va et que Dieu te garde. Et dis-lui aussi…

Perceval lui chuchote quelques mots à l'oreille.

Un mois plus tard, l'Orgueilleux et son amie se rendent à la cour d'Arthur qui se tient à Camaalot. Le roi donne une fête privée avec seulement mille chevaliers. Sur les bottes de paille, les chevaliers d'un certain âge jouent aux échecs, aux dames, aux dés, et les plus jeunes, dans la plaine, à la quintaine. Arthur et Guenièvre écoutent un troubadour. L'Orgueilleux s'incline devant le roi :

— Sire, dit-il, je suis votre prisonnier. C'est ce que m'a ordonné un chevalier qui vous demanda une armure vermeille et l'a obtenue.

— Désarmez-vous, beau sire, et soyez le bienvenu.

— Il m'a demandé autre chose.

Il se tourne vers la reine et ses demoiselles.

— Il veut que je salue la demoiselle au joli rire que le sénéchal a giflée.

La reine montre de la main la victime et l'Orgueilleux de la lande se tourne vers elle.

— Sachez qu'il ne viendra jamais à la cour d'Arthur avant de vous avoir vengée du soufflet que vous avez reçu.

Le roi se tourne vers son frère.

— Ah ! Ké, à cause de tes méchantes paroles, ce chevalier n'est pas un de mes compagnons. Le reverrai-je jamais ?

Et s'adressant à l'Orgueilleux de la lande :

— Assieds-toi. Je ne te ferai pas prisonnier et tu resteras auprès de moi comme un ami.

— Sire, dites-moi le nom de celui qui m'a vaincu, car personne jusqu'ici n'était plus vaillant que moi.

— Je ne le connais pas et pourtant je l'ai vu. Ké se moqua de lui car il voulait prendre l'armure vermeille de mon ennemi, et lui cria : « Frère, le roi vous donne cette armure, elle est à vous, allez la prendre. » L'autre qui n'en comprit pas la malice, partit comme un trait. Ce jour-là il me rendit un immense service en laissant mort mon ennemi.

Et d'un ton ferme il ajoute :

— Je n'attendrai plus pour aller à sa recherche. Nous partirons dans trois jours.

Il neige. Tôt le matin on entasse dans les malles couvertures et oreillers, on remplit les coffres de vaisselle, on charge les tentes et les pavillons dans des charrettes, la reine et ses demoiselles dans les chars, et le long cortège qui emporte les meubles et les affaires du roi, s'ébranle. Comme à son habitude, la Table ronde sort toute seule du château pour suivre le roi jusqu'à sa prochaine demeure.

En fin de journée, le convoi s'arrête pour loger dans une prairie toute blanche à la lisière d'un bois. Il fait froid, et les uns se pelotonnent dans les couvertures, les palefreniers dans le foin.

Non loin de là, Perceval, levé de bonne heure, toujours en quête d'aventures et d'exploits, vient au hasard de sa route près de la prairie enneigée. Il n'est pas encore à la hauteur des tentes, lorsque passe un bruyant vol d'oies sauvages. L'une d'elles, attaquée et blessée par un faucon, saigne trois gouttes de sang qui se répandent sur le sol. Ces trois taches rouges sur le blanc de la neige frappent Perceval à qui elles évoquent les belles couleurs de Blanchefleur, une amie de ses jeunes années. Il s'arrête et les contemple longuement.

En sortant de leurs refuges, les écuyers l'aperçoivent perdu dans sa rêverie. Ils le croient endormi sur son cheval et se rendent dans le pavillon royal. Le roi n'est pas encore réveillé, mais Ké a déjà fini sa prière.

— Pourquoi venez-vous ici si tôt ? demande-t-il.

— En dehors de nos lignes, il y a un chevalier qui sommeille sur son cheval.

— Est-il armé ?

— Oui.

— J'irai lui parler et l'amènerai à la cour. Qu'il le veuille ou non il faudra bien qu'il dise son nom.

On arme Ké qui se dirige vers Perceval. Celui-ci continue à contempler les trois gouttes de sang. Le sénéchal l'interpelle :

— Vassal, vassal, venez saluer le roi. Et si vous n'obéissez pas, vous le paierez cher.

Perceval, qui s'entend menacer, tourne son cheval et l'éperonne. Ké le frappe si violemment qu'il brise sa lance. Perceval se ressaisit, et abat

Ké sur une roche avec une telle force, qu'il lui déboîte la clavicule et lui brise l'os du bras droit. Ké se pâme de douleur et son cheval, au trot, retourne vers les tentes.

En voyant le destrier sans son maître, écuyers et chevaliers se précipitent, ramènent le sénéchal, tandis que Perceval, les yeux toujours fixés sur les trois gouttes de sang, s'appuie de nouveau sur sa lance.

Le roi qui aime Ké de chaude affection lui envoie un bon médecin qui lui bande le bras et rapproche les morceaux disjoints de l'os. Il guérira.

Gauvain cependant est mécontent. Il dit au roi :

— Sire, il n'est pas juste d'arracher un chevalier à ses pensées, quelles qu'elles soient. Peut-être ce chevalier songeait-il à un mort, ou à une amie. Si tel est votre plaisir, j'irai le voir, et s'il se trouve hors de sa rêverie, je le prierai de venir jusqu'à vous.

— C'est trop facile, s'exclame Ké. Quand un chevalier a longtemps combattu, il est fatigué et devient doux comme un mouton. Tu pourras lui dire tes belles paroles doucereuses car tu aimes amadouer et flatter comme un chat. Ensuite chacun répète : le bon Gauvain, le généreux Gauvain, le « soleil de la chevalerie » qui aide les demoiselles et les compagnons en détresse !

— Ké, s'exclame le roi, cesse d'être méprisant et jaloux. Que Gauvain fasse ce qu'il convient.

Gauvain, une fois armé, met son cheval à l'amble et s'approche paisiblement du dormeur.

— Je suis messager du roi qui vous prie de venir lui parler.

— Vous êtes le deuxième à me déranger. J'étais en train de regarder ces trois taches de sang qui illuminent la blancheur de la neige, et me font penser à une amie. Dites-moi, est-ce que Ké le sénéchal est à la cour ?

— Oui, c'est celui avec qui vous venez de jouter. Vous lui avez fracassé le bras droit.

— Voilà bien vengée la pucelle qu'il a jadis giflée, répond en riant Perceval.

Gauvain tressaille de surprise.

— Êtes-vous celui que le roi recherche ? Quel est votre nom ?

— Perceval le Gallois. Et le vôtre ?

— J'ai nom Gauvain !

— Gauvain ! s'écrie Perceval tout joyeux. J'ai entendu parler de toi dans beaucoup de lieux. J'aimerais être de tes amis.

— J'en aurais aussi grand plaisir.

Ils avancent l'un vers l'autre et se donnent l'accolade. Puis ils délacent leur heaume, et rabattent les mailles de la coiffe du haubert pour découvrir leurs visages. Tous deux rient en se voyant.

Gauvain, qui refuse de présenter au roi son nouvel ami en tenue de combat, l'entraîne dans sa tente et lui donne une belle cotte et un beau manteau, tout en lui expliquant :

— Je viens juste de revenir à la cour. J'étais parti en Écosse pour sauver une demoiselle.

— Allons chez le roi, dit Perceval que les jeunes filles protégées par Gauvain n'intéressent pas.

Dans la grande salle, le « soleil de la chevalerie » annonce d'un ton triomphal :

— Sire, voici celui dont vous regrettiez l'absence !

Les yeux d'Arthur brillent de joie.

— Grand merci, dit-il en s'empressant de se lever pour saluer Perceval. Chevalier, sois le bienvenu. Comment dois-je t'appeler ?

— J'ai nom Perceval le Gallois.

— Bel ami, puisque te voilà en ma cour, je souhaite que tu deviennes compagnon de la Table ronde, pour remplacer le seigneur de Noire-Épine qui vient de mourir.

— J'accepte de tout cœur ce grand honneur, et…

Au froufrou des robes de soie, chacun se retourne vers la reine accompagnée des demoiselles, dont celle qui possède un si joli rire. Perceval la salue :

— Belle, j'ai tenu parole et vous ai vengée de la gifle que Ké vous a donnée. À l'avenir, si vous avez besoin d'aide, vous pourrez toujours compter sur moi.

Ké lui jette un regard furieux. Entre alors, dans un grand bruit de bottes, un jeune homme que personne ne connaissait.

13

Les sœurs de Noire-Épine

Le nouveau venu est petit mais large d'épaules, la tête altière, le regard autoritaire, les vêtements tachés de boue. D'un pas vif il se dirige vers Arthur.

— Bonsoir, mon oncle. Excusez-moi de me présenter dans cette tenue, mais mon cheval s'est embourbé dans un marécage. Je suis le fils de votre demi-sœur, Anna, qui vous envoie ce mot.

Il tend un parchemin qu'Arthur déroule et lit à haute voix :

— Mon cher frère, je te confie mon fils Mordret pour que tu en fasses un chevalier preux et hardi. Je pense que tu seras content de lui car il est courageux et entreprenant. Je me réjouis de le savoir près de toi. Avec toute mon affection. Anna.

Pendant qu'Arthur lit cette lettre, Guenièvre regarde attentivement le nouveau venu, dont les yeux inquisiteurs explorent la pièce et la compagnie. Le roi se tourne vers elle.

— Guenièvre, voici Mordret, le fils de ma sœur Anna.

— Bonsoir, dit la reine assez sèchement.

De sa voix gaie et bienveillante, Arthur déclare :

— Va te changer, mon garçon, tu es tout trempé. Je te présenterai aux compagnons lorsque tu reviendras.

Et montrant du doigt un jeune homme :

— Cet écuyer s'occupera de toi pour que tu ne manques de rien.

Puis se tournant vers sa femme, à voix basse, il demande :

— Pourquoi as-tu salué Mordret aussi froidement ?

— Je ne l'aime pas. Voilà tout. Il n'y a pas d'explication à donner aux impulsions du cœur.

— Je sais que ton cœur est particulièrement délicat, mais je te prie de rester aimable. Mordret est mon neveu et je suis heureux qu'un nouveau membre de ma famille vienne m'entourer. Il a l'air fort et courtois. S'il est aussi remarquable que Gauvain…

— Avant de t'enthousiasmer, attends qu'il fasse ses preuves. Il n'est peut-être pas ce qu'il a l'air d'être.

— Je suivrai ton conseil, et n'en ferai pas un chevalier de la Table ronde avant de l'avoir vu à la chasse et au combat.

Au temps où les arbres fleurissent, où les prés se couvrent d'herbes vertes, où les valets enlèvent aux fenêtres les feuilles de parchemin huilées qui protégeaient du froid et couvrent les salles de pissenlits, de joncs et de genêts, Arthur fait la sieste dans le verger.

Une demoiselle s'approche en courant, les grands yeux affolés, le bandeau de travers sur ses cheveux blonds.

— Belle, qu'y a-t-il ? demande le roi.

— Gentil roi, pitié. Vous qui assurez la justice dans le royaume, aidez-moi.

— Qu'est-ce qui te préoccupe ?

— Je suis Bertrane, une des filles du seigneur de Noire-Épine, qui est mort il y a peu. Que Dieu ait son âme. Ma sœur aînée veut prendre tout mon héritage et ne rien partager, ni château, ni ville, ni bois, ni plaine.

— Sa conduite est blâmable.

— Aussi je viens vous demander aide et soutien.

— Je connais ta sœur. Elle est arrivée hier soir avant la nuit, mais n'a point parlé de votre querelle. Je vais la faire chercher.

Un peu plus tard, l'aînée arrive, grande, la peau sèche, la voix impérieuse, richement vêtue d'un manteau rouge fourré d'hermine. Avant qu'Arthur ait dit le premier mot, elle déclare :

— Sire, je vois que ma sœur est venue gémir auprès de vous. Jamais je ne partagerai château ni ville, ni bois, ni plaine, ni autre chose. Mais si un chevalier ose s'armer pour elle et combattre pour son droit, qu'il se présente sur-le-champ.

Arthur ne peut s'empêcher de sourire.

— Il faut du temps pour trouver un chevalier. Avez-vous le vôtre ?

— Oui. Je garde son nom secret.

— Donnez à votre sœur quatorze jours pour trouver quelqu'un qui la défende devant toute la cour.

La sœur aînée réfléchit un moment puis concède :

— J'accepte le délai.

Tandis qu'elle s'éloigne, Bertrane dit au roi :

— Sire, je vous quitte. On m'a parlé du chevalier au lion qui met sa vaillance à aider les gens dans le besoin.

Arthur constate avec regret :

— Je n'ai jamais rencontré ce chevalier. Avec un animal si dangereux, il demeure certainement dans une forêt. S'il plaît à Dieu, tu le trouveras rapidement.

Pendant trois jours, Bertrane arpente les vastes bois du royaume. Le quatrième jour, dans une profonde forêt, la pluie se met à tomber avec violence. Son cheval s'enfonce dans les chemins boueux, et le vent siffle si fort que les branches fouettent le visage de la cavalière. À la nuit tombée, la tempête, l'obscurité, la solitude remplissent son cœur d'effroi. Elle prie Dieu et tous les saints et toutes les saintes de l'aider à trouver un logement pour la nuit. Quelle folie que de voyager par ce temps sans escorte !

Enfin, dans le noir, elle croit apercevoir une flamme vacillante. Elle s'approche pleine d'espoir. Par l'embrasure de la fenêtre d'une cabane de planches, elle distingue clairement une lampe à huile et son panache de fumée. Elle frappe à la porte qui bringuebale dans le courant d'air.

— Au secours ! crie-t-elle.

— Que voulez-vous ? répond une voix légèrement chevrotante.

— Un logement pour la nuit !

— Entrez, mon enfant, entrez, dit le vieil ermite à la barbe toute blanche. Ma masure n'est pas très confortable, mais elle protège de la pluie. Oh ! Que vous êtes trempée ! Je vais allumer le brasero et bientôt il fera meilleur. Faites entrer votre cheval. Les animaux aussi ont peur de la tempête.

Il ne reste pas beaucoup de place dans l'unique pièce de l'ermite, mais Bertrane, assise sur un tabouret devant le brasero, remercie le Ciel de lui avoir trouvé un abri.

L'ermite est heureux de pouvoir parler.

— D'habitude ce sont des chevaliers, et non des demoiselles qui frappent à ma porte. Le dernier que j'ai rencontré s'appelait Lancelot du Lac. Il fut bien étonné d'apprendre son nom. Vous ne savez pas comment il l'a appris ! Sur sa tombe !

Et d'un ton joyeux il conclut :

— Sur sa propre tombe ! Les voies de Dieu sont vraiment impénétrables.

— Connaissez-vous le chevalier au lion ! demande Bertrane.

— Un lion. Oui, j'en ai vu un avec un chevalier. Le jeune homme, je l'avais déjà rencontré à une époque où il était comme un sauvage, presque comme un animal. Dieu sait de quel châtiment il était puni !

— Quand l'avez-vous vu la dernière fois ?

Mais l'ermite qui n'entend plus très bien, continue son discours en attisant le feu.

— Jadis il me ramenait des lièvres, des biches, que je faisais cuire, après avoir enlevé leur peau. J'ai appris à les dépecer, cela demandait beaucoup de force et j'en ai très peu. Mais je les vendais bien.

— Quand avez-vous vu le chevalier et le lion ? insiste Bertrane en élevant la voix.

L'ermite persiste à égrener ses souvenirs.

— Ce fut une grâce du ciel, ce chevalier à moitié sauvage. À cette époque-là, nous mangions tous les deux du bon pain et de la bonne viande.

— Quand l'avez-vous revu ? crie Bertrane.

— Ah ! Quand je l'ai revu ! Récemment, je ne sais plus exactement quel jour, car ici les jours se ressemblent tous. Il était avec un lion doux comme un agneau. La bonté de Dieu est admirable !

— Où allait-il ?

— En Petite Bretagne ! Il a dit : « Là où se trouve mon cœur ! »

Dès le lendemain Bertrane se dirige vers l'Ouest. À chaque rencontre elle demande :

— Avez-vous vu un lion ?

Le lion a beaucoup étonné sur son passage et il est facile de suivre sa trace, non pas dans les forêts, mais de village en village tant il est inoffensif. « Oui, un lion est passé par là », lui répond-on, et les enfants accompagnent la jeune fille un bout de chemin.

Trois jours plus tard, elle entend le bruit de la mer et s'alarme. Si le chevalier et son lion ont traversé la Manche, jamais elle ne pourra les retrouver à temps. Du haut de la falaise, elle contemple l'étendue d'eau, secouée par d'énormes vagues.

« Pourvu qu'il ne soit pas parti ! » songe-t-elle.

Rapidement elle descend vers le port de Douvres. Sur la jetée, un attroupement pousse de grandes exclamations. Bertrane attache son cheval et se faufile jusqu'au bord. Là, un chevalier avec le capitaine et trois marins tentent de retenir le lion dans un bateau. Mais celui-ci, d'un coup de sa crinière et d'une violente détente musculaire, saute sur la jetée. À nouveau le chevalier et le capitaine le traînent dans l'embarcation, et à nouveau le lion s'échappe vers la terre ferme. L'assistance suit avec passion ce difficile embarquement.

Dès que le chevalier revient sur le quai, Bertrane accourt et parle précipitamment :

— Bonjour, que Dieu vous garde. J'ai besoin que vous défendiez mon droit. Vous ne pouvez pas refuser car un chevalier doit toujours aider les demoiselles en détresse.

— Calmez-vous, demoiselle, et expliquez-moi tranquillement ce qui vous conduit ici.

La jeune fille respire deux ou trois fois, fortement, avant de recommencer aussi précipitamment.

— Je suis très très pressée. Je suis la fille du seigneur de Noire-Épine, qui est mort il y a quelques semaines. J'ai une sœur aînée, qui veut prendre tout mon héritage, et ne rien partager, ni château, ni ville, ni bois, ni plaine. Je vous demande de venir combattre pour mon droit devant le roi.

— Où se trouve Arthur ?

— À Camaalot.

— À bonne allure, nous y serons dans trois jours.

Se tournant alors vers le capitaine et l'assistance en même temps :

— Cette demoiselle a besoin de secours, et nous, chevaliers de la Table ronde, devons toujours les défendre dans l'adversité. Je reviendrai ici quand le droit sera rétabli.

L'assistance, déçue, commente cette décision. Les uns admirent le chevalier qui fait passer les soucis des autres avant les siens, les autres le trouvent bien versatile. Le lion, lui, est très heureux.

Deux jours plus tard, en effet, la forteresse de Camaalot s'élève à l'horizon.

— Demoiselle, dit Yvain, je n'irai pas voir le roi et resterai dans une maison éloignée avec mon lion. Ne mentionnez pas mon nom. Vous viendrez me dire où et quand je dois me rendre au combat.

C'est la fin de la journée lorsque Bertrane entre dans le château. Les chevaliers reviennent de la chasse, et dans la haute cour, présentent aux cuisiniers hérons, biches, lapins, faisans en racontant leurs exploits. Dans la grande salle, jonchée de joncs, de genêts et de pissenlits, la bonne humeur règne. Un jongleur au chapeau multicolore fait des pirouettes avec des quilles qu'il lance en l'air. Près d'Arthur, se tient la sœur aînée. Dès que le jongleur reprend son souffle, elle annonce :

— Sire, les quatorze jours sont bientôt achevés. Je vais me retirer et rentrer dans mes terres.

Arthur n'apprécie pas cette précipitation.

— Demoiselle, en cour royale on doit attendre que la justice du roi se prononce. Vous ne devez pas vous retirer, tant que votre sœur peut revenir à temps. Le quatorzième jour n'est pas encore terminé.

À peine a-t-il fini sa phrase que Bertrane apparaît sur le seuil.

— D'ailleurs, la voilà.

La sœur aînée, de dépit, devient plus noire que terre, tandis qu'Arthur accueille la cadette avec plaisir.

— Venez, belle, vous arrivez à temps. Avez-vous trouvé un chevalier pour vous défendre ?

— Oui, Sire, mais il restera secret.

Et se tournant vers son aînée, elle ajoute :

— Pour éviter ce combat, ma très chère sœur que j'aime, il te suffit de me laisser la part qui m'appartient car je ne demande rien de la tienne.

— Tu n'as et tu n'auras rien. Dessèche-toi plutôt de douleur.

— Je suis fâchée, dit la cadette, que ces chevaliers se battent à cause de nous pour une aussi petite querelle, mais j'ai besoin de mon bien.

— Que le feu du ciel me brûle plutôt que de te donner de quoi mieux vivre, insiste l'aînée.

Arthur, agacé par ces disputes, ordonne :

— Vous avez assez parlé, toutes deux. Que demain à l'aube, vos défenseurs se retrouvent dans le champ de justice.

Le lendemain, des valets posent les barrières et les habitants de la ville se pressent derrière. La curiosité est d'autant plus vive que personne ne connaît le nom des combattants. Ceux-ci se présentent avec des armures inconnues du public. Ils font trotter et galoper leurs chevaux pour réchauffer leurs muscles, en attendant que le roi et la reine s'installent dans une loge montée à la hâte.

Enfin le roi donne le signal du combat. Les deux chevaliers se jettent l'un contre l'autre de toute la vitesse de leurs chevaux et la force de leurs bras. Au premier choc, ils brisent leurs lances de frêne. Corps contre corps, ils manient leurs épées avec violence et rapidité. Ils mettent tous deux tant de fureur dans le combat, que les heaumes et boucliers se couvrent de bosses et de trous, et qu'il s'en faut de peu qu'ils ne brisent les crânes.

Abasourdis par la violence des chocs, ils se retirent en arrière pour se reposer et reprendre haleine. Puis, à nouveau, ils recommencent le combat.

La reine Guenièvre, qui considère que la querelle entre les deux sœurs ne justifie pas tant de courage et de dangers, prie le roi de donner à la cadette une tierce partie de l'héritage et de séparer les deux chevaliers. Mais Arthur veut respecter le droit et attendre le sort des armes.

À la fin de la journée, les combattants ont les bras épuisés et le corps douloureusement courbattu. Par maintes blessures, le sang coule sous leur haubert. Tous deux veulent se reposer. Tous deux redoutent la fin du combat et désirent faire la paix.

Yvain, la voix rauque et cassée, s'adresse à Arthur.

— Sire, la nuit approche. Personne ne pourra nous blâmer ou nous faire des reproches si nous nous séparons. Jamais je n'ai entrepris une bataille si dure et si douloureuse.

Et se tournant vers son adversaire :

— Vos coups m'ont tout étourdi !

— Par ma foi, répond son rival, je suis aussi étourdi que vous et même davantage. Vous m'avez bien rendu autant de coups, sinon plus que je vous en ai donné. Sachez que je suis Gauvain, fils du roi Lot.

En entendant ce nom, Yvain jette son épée tout ensanglantée par terre et saute à bas de son cheval.

— Mon ami, quelle malchance d'avoir livré cette bataille sans nous être reconnus ! Si j'avais su qui tu étais je me serais rendu avant de combattre, je le jure.

— Comment, qui es-tu ?

— Je suis Yvain qui t'aime tant. Je me déclare totalement vaincu.

— Non, non, c'est moi qui suis blessé, épuisé et vaincu.

Enfin tous deux se donnent l'accolade. Autour d'eux on s'étonne. Le roi s'approche et demande :

— Seigneurs, qu'est-ce qui vous a soudain mis cette amitié au cœur, alors que toute la journée vous avez manifesté tant de haine ?

— Beau Sire nous ignorions qui nous étions. Je n'avais pas reconnu mon ami Yvain. C'est moi qui suis le vaincu.

— Non, c'est moi, réplique Yvain.

Le roi sourit et dit :

— Seigneurs, il y a un grand amour entre vous deux, et vous le montrez bien en revendiquant chacun votre défaite. Laissez-moi régler cette affaire.

Et en se retournant il demande :

— Où est la demoiselle qui a déshérité sa sœur ?

— Sire, je suis ici.

— Je sais depuis longtemps vos torts. Il vous faut rendre son héritage à votre sœur, et faire comme ces chevaliers, qui, pour mieux honorer l'autre, s'avouent vaincus.

La sœur aînée, quoique fort mécontente, répond :

— Sire, je ferai comme vous me le demandez, quoi qu'il m'en coûte. Ma sœur aura la part qui lui revient.

Bertrane pleure de joie et va remercier Yvain.

— Jamais je n'oublierai ce que vous avez fait pour moi.

Puis elle offre à Arthur un petit lévrier, au nom de Kavall, qui aboie sur trois notes, ce qui amuse beaucoup le couple royal.

Le roi Arthur a confié les deux combattants à un médecin fort renommé pour qu'il soigne leurs plaies. Si le corps d'Yvain guérit, la plaie de son cœur reste ouverte. Il pense sans cesse à la dame de Landuc et comprend qu'il mourra de désespoir si elle n'a pas pitié de lui. Il décide de repartir vers la fontaine sous le pin. Là, il fera tant venter, pleuvoir et foudroyer, que la dame du château finira par faire la paix.

Une fois encore il se dirige vers la Petite Bretagne. À Douvres, il prend bien soin de mettre son lion en cage pour qu'il ne saute plus par-dessus bord. Une fois à la fontaine sous le pin, il provoque une tourmente si déchaînée que les arbres de la forêt commencent à s'abattre les uns sur les autres. Les murs du château oscillent sur leurs fondements comme s'ils allaient s'effondrer. Dans la tour, la dame tremble autant que sa demeure. De colère elle maudit ses ancêtres :

— Quels imbéciles ceux qui construisirent ici ce château ! Il n'y a pas de lieu plus détestable au monde.

Lunette conseille sa maîtresse.

— Dame, vous ne devriez pas rester seule, sans un défenseur qui empêche tout malfaisant de s'approcher de la fontaine. Sinon, nous vivrons toujours dans la peur.

La dame de Landuc est tellement perturbée qu'elle répond :

— Dis-moi ce que je dois faire. Je suivrai ton avis.

— Ce serait bien d'appeler le chevalier au lion.

La dame réfléchit un moment.

— Le chevalier au lion ! Pourquoi pas ! C'est une bonne idée.

— Il y a cependant une difficulté. Tant qu'il subit la colère de la dame qu'il aime, il gémit de douleur.

La châtelaine écoute distraitement.

— Et sa dame, continue Lunette, sa dame… c'est vous. Car le chevalier au lion se nomme Yvain.

À ce nom la châtelaine tressaille, tant les émotions se bousculent dans son cœur.

— J'attends votre réponse, s'impatiente Lunette.

— Il m'a trompée, il m'a mal aimée…

— Bon, restons-en là. Je n'irai pas lui parler, conclut Lunette qui sort aussitôt de la chambre.

Le lendemain matin, dans son très large lit où elle dort toute seule, la dame de Landuc enfile sa chemise roulée sous l'oreiller et appelle :

— Lunette ! Viens vite !

La jeune fille, qui dort juste à côté, entre déjà tout habillée d'un joli bliaud bleu, assorti au turban tressé qui retient son petit voile de tête.

— J'ai réfléchi, dit sa maîtresse. Si Yvain vient vers moi, sans ruse et sans feinte, je te promets de faire la paix avec lui.

Lunette prend un air méfiant :

— Dame, jurez d'abord, jurez devant Dieu en levant la main, que, quoi qu'il arrive, vous ne m'accuserez plus comme la dernière fois et ne me ferez pas brûler vive.

— Je le jure, et excuse encore ma colère. J'étais folle de tristesse.

Lunette sourit de triomphe. Dans la cour, on lui sort un cheval et elle se dirige vers la fontaine sous le pin. Elle croise d'abord le lion, puis le maître. Elle salue :

— Chevalier, je suis très heureuse de vous avoir trouvé si vite.

— Me cherchais-tu ?

— Oui. Ma maîtresse veut redevenir votre femme comme autrefois.

Yvain tombe à genoux de bonheur et les mains jointes remercie le Ciel de sa clémence. Puis il se relève promptement.

— Douce amie, ne perdons pas un instant, partons tout de suite.

— C'est tout ce que j'ai comme remerciement ! s'indigne Lunette.

— Cinq cents mercis pour toi et mille pour ma dame.

Yvain et sa châtelaine se retrouvent avec grande joie. Tous deux s'aiment et se chérissent encore plus que jadis. Yvain ne part plus à l'aventure et profite tous les jours de son bonheur car Dieu ne le fit jamais si heureux.

14

Le mur invisible

Après la messe, dans la grande salle, couverte de glaïeuls et de menthes, Arthur et sa maisonnée déjeunent d'une simple soupe, car vendredi est jour de jeûne. Malgré le grand soleil de l'été, les compagnons sont moroses et mal réveillés et la conversation languit autour des tables. Aussi est-ce avec joie que l'on voit arriver en courant un jeune forestier, les cheveux en bataille et la respiration haletante.

— Sire, déclare-t-il, je viens de voir un cerf blanc dans la forêt.

— Un cerf blanc ! s'enthousiasme Arthur.

— Un cerf blanc ! répète-t-on à la ronde.

— Partons immédiatement, décide le roi.

Les écuelles de soupe encore à moitié pleines sont ingurgitées rapidement et les chevaliers courent mettre leur tenue de chasseur et monter leur cheval de chasse. C'est qu'un cerf blanc n'est pas un animal ordinaire. Il est extrêmement rare, et celui qui a la chance ou l'adresse de le tuer, a ensuite le privilège de donner « le baiser du blanc cerf » à la plus belle dame de l'assistance.

Le carquois à la ceinture, l'arc à l'épaule, les cheveux recouverts de feuillage, la meute des chiens aboyant autour d'eux, la troupe suit le forestier à qui l'on a prêté un cheval. La forêt est dans tout l'éclat de l'été, les oiseaux se répondent en trilles joyeux, les arbres remplissent d'ombre les sous-bois, et les clairières font des taches de lumière.

Les chevaliers se dispersent par petits groupes pour chercher, chacun de leur côté, le superbe animal. Par respect et délicatesse ils rabattent le cerf près d'Arthur, pour que le vainqueur de la bête soit le roi.

La forêt résonne des aboiements des chiens, des sabots des chevaux, des cris des hommes. Arthur s'élance seul, accompagné par son lévrier Kavall, suivi de loin par Gauvain. Soudain on entend sonner le cor, les aboiements redoublent, des vociférations s'élèvent. Alors, devant Arthur, près d'une source, surgit le cerf qui s'arrête un instant pour choisir son chemin. Son pelage est blanc comme la neige, ses cornes s'enroulent en boucles argentées, ses longs yeux attentifs examinent les environs. La forêt devient presque silencieuse, maintenant que la bête est à la portée du roi. Arthur tend son arc, vise, et la flèche rase le dos de l'animal sans le toucher. Toujours immobile, le cerf surveille les sous-bois autour de lui. Arthur lance une deuxième flèche et rate une nouvelle fois sa proie. Exaspéré par ses échecs, il en tire précipitamment une troisième qui frôle le cou de l'animal. Apeuré, celui-ci détale. Kavall le poursuit.

Arthur blêmit. Pour la première fois de sa vie, par trois fois, il rate sa cible.

Les chevaliers et écuyers qui le rejoignent cachent mal leur étonnement. Gauvain, toujours bienveillant, explique :

— Mon oncle, il y a des jours où tout va mal. Ce cerf était bien rusé pour avoir pu échapper à vos traits.

— Non, dit Arthur. Il était immobile. C'est moi qui me suis montré incapable.

Le cor sonne à nouveau, plus au sud. Mais on ne s'inquiète plus du sort de l'animal, on ne songe qu'à l'échec royal. Les chevaliers, pour chasser cette idée pénible, sifflent leurs chiens et rassemblent la meute.

C'est alors qu'apparaît, portant le cerf blanc mort sur ses épaules, Mordret, le jeune neveu d'Arthur, le fils de sa demi-sœur Anna. Chacun regarde avec stupeur celui qui a osé s'attaquer au cerf dans cette circonstance, et a réussi à le tuer. Malgré son dépit, Arthur le félicite :

— Tu es un bon chasseur, beau neveu, et la prise d'un cerf blanc annonce de glorieux exploits.

— Je vous remercie, mon oncle.

— Tu auras le privilège de choisir la plus belle demoiselle de la cour pour lui offrir « l'honneur du cerf ».

Pour que Mordret puisse choisir la plus belle femme de la soirée, on demande aux dames et demoiselles de danser une farandole au son du fifre. L'atmosphère est joyeuse, et les écuyers tapent dans leurs mains pour marquer le rythme de la musique. Les pétales des glaïeuls et de menthes écrasés délivrent un doux parfum qui recouvre l'odeur des hommes. La farandole terminée, Arthur se tourne vers Mordret pour qu'il accomplisse l'honneur du cerf.

Alors, Mordret dédaignant les danseuses, se tourne vers Guenièvre, assise sur un fauteuil bas dans un bliaud brodé d'or, et lui donne « le baiser du blanc cerf ». Dans les yeux d'Arthur passe le mécontentement devant cette audace, dans ceux de Guenièvre la répugnance, dans ceux de Lancelot la colère.

Arthur garde un pénible souvenir de la journée de chasse. Il veut revoir Merlin, écouter ses conseils, s'amuser à nouveau de ses fantaisies. Il convoque dans sa chambre ses deux meilleurs compagnons : Lancelot et Gauvain, les plus fidèles, les plus hardis.

— Mes amis, leur dit-il, cela fait longtemps que Merlin n'est pas venu nous rendre visite le jour de la Pentecôte, et je m'en attriste. Je souhaite que l'un de vous aille à sa recherche pour le ramener à la cour.

— Il se trouve sans doute dans la forêt de Brocéliande, dit Lancelot. Il aime s'y promener. Je partirai, Sire, quand vous le voudrez.

— Non, dit Gauvain en riant, la Dame du Lac sera si heureuse de revoir son chevalier « aux blanches armes » qu'elle ne le laissera pas repartir. Vous risquez, Sire, de perdre votre meilleur compagnon. Je me chargerai de cette enquête.

Arthur rit à son tour.

— Quel bonheur d'avoir près de moi des amis tels que vous. Je partage l'avis de Gauvain. C'est lui qui partira. Cette Dame du Lac m'a paru un peu trop autoritaire.

Le « soleil de la chevalerie », d'un ton grave, déclare :

— Par le serment que je fis en devenant chevalier, je jure que je chercherai Merlin pendant un an et un jour, quelles que soient les aventures que je rencontre.

— Merci, mon neveu, merci.

Deux jours plus tard, tout armé comme doit l'être un chevalier, Gauvain monte son destrier pour errer à l'aventure. En le voyant partir, Ké ronchonne :

— Pourquoi n'est-ce pas moi qui pars ? Gauvain dit des choses aimables à tout le monde, donc plus personne ne le croit. Moi j'aurais su convaincre Merlin de revenir.

— Certainement, dit Arthur. Mais j'ai trop besoin de ta présence à mes côtés.

Après une traversée tranquille, grâce à un vent régulier, Gauvain atteint les falaises crénelées de Normandie que dore le soleil couchant. Dans un petit port de pêche, il déguste des huîtres cuites et de l'anguille au fenouil. Son armure et son magnifique destrier intriguent les habitants.

— D'où venez-vous ?

— Du château du roi Arthur. Je suis à la recherche de Merlin.

— Ah ! l'Enchanteur. Cela fait longtemps qu'il ne passe plus par ici, dit un vieil homme.

— C'est dommage. Il était drôle. Je l'aimais bien avec sa longue barbe qui descendait jusqu'à ses pieds, ajoute un autre.

— Je ne l'ai jamais vu ! se plaint un enfant. Est-ce qu'il marchait sur sa barbe ?

Personne ne lui répond et l'hôtelière rassure son client :

— Il doit bien être quelque part. Un enchanteur ne meurt jamais. Vous le trouverez bientôt.

Pendant plusieurs semaines, Gauvain arpente les côtes découpées de la Petite Bretagne, les îles que la marée éloigne puis rapproche, les landes d'ajoncs et de bruyères qui se balancent sous le vent. Un jour qu'il chevauche, pensif, songeant à l'introuvable Enchanteur, il croise une jeune fille montée sur un magnifique palefroi noir, harnaché d'une selle d'ivoire aux étriers dorés, dont la housse écarlate va jusqu'à terre. Sa tête est recouverte d'une étoffe de soie pour la protéger du hâle. Plongé dans sa rêverie, Gauvain n'y prête aucune attention. La jeune fille le croise, le dépasse puis se retourne.

— Gauvain ! On dit que tu es le soleil de la chevalerie, le plus courtois, le plus galant. Mais cette réputation est imméritée. Tu viens de te conduire comme un malotru.

— Qu'ai-je fait ? s'étonne le chevalier.

— Tu me rencontres seule sur ce coteau venteux, et tu n'as pas la délicatesse de me saluer.

Gauvain rougit de confusion.

— Ma demoiselle, excuse-moi. Je te supplie de me pardonner. J'étais préoccupé.

— Peu m'importe. Tu seras puni pour cette insolence, et te souviendras qu'il faut saluer les dames que l'on rencontre.

— Comment me puniras-tu ? demande Gauvain en relevant sa visière.

— Tu ressembleras au premier homme que tu croiseras.

Elle s'éloigne. Gauvain, habitué aux fantaisies des demoiselles, ne s'inquiète guère de l'avertissement. En fin d'après-midi, il rencontre près d'un étang une vieille femme et un nain, tous deux richement habillés. Il s'empresse de les saluer :

— Que Dieu vous donne joie, à tous deux.

— Que Dieu te donne la paix du cœur, répond la vieille femme.

Gauvain continue son chemin et, à sa stupeur, sent que les manches de sa cotte de maille s'allongent, lui recouvrent les mains, et descendent jusqu'à ses chevilles. Quant à ses pieds, ils n'atteignent plus les étriers et flottent en l'air sans aucun point d'appui. Ses yeux ne sont plus en face de la fente du casque et ne voient plus rien. Il enlève son heaume et constate que son bouclier dépasse sa tête de la hauteur de son bras levé. Il est certainement victime d'un enchantement. Serait-ce Merlin, enfin retrouvé, qui lui ferait une farce ? Hélas, Merlin est toujours invisible. Alors Gauvain se souvient de la menace de la demoiselle à la selle d'ivoire : « Tu ressembleras au premier homme que tu croiseras. » Et ce premier homme fut un nain.

Gauvain est consterné. Il est habitué à être beau, grand, aimé de tous, et de se retrouver si pitoyable lui broie le cœur. Toutefois, courageusement, il relève ses manches et les pans de son haubert, enroule ses chausses, remonte les étriers, tient son heaume dans la main et reprend son errance. Mais au lieu de rencontrer sur son passage les sourires et les regards admiratifs de tous, il n'entend que des railleries. À ses questions concernant Merlin, on répond en se moquant de lui :

— Tu cherches un enchanteur pour qu'il te rende superbe ! dit l'un.

— Tu lui feras peur et il s'enfuira ! dit un autre.

Une dame, attendrie par le pauvre garçon, explique :

— Cela fait longtemps que nous n'avons pas vu Merlin. Il a dû partir dans l'Autre Monde.

Pour se cacher, le chevalier pénètre dans la forêt de Brocéliande. Il marche sous les saules qui entourent un étang, puis s'enfonce dans un tunnel de hauts ajoncs pour déboucher dans une clairière entourée de hêtres aux branches tordues et tourmentées. Il lui semble que des petits rires agitent leurs frondaisons et que les arbres eux-mêmes se moquent de sa petite taille et de son accoutrement ridicule. Gauvain, ayant perdu sa fierté, sombre dans la mélancolie lorsqu'il entend, non loin d'un lac :

— Gauvain ! Eh ! Gauvain !

Cette voix grave qui résonne comme un tambour, il la reconnaît aussitôt.

— Merlin ! C'est toi ! Quelle joie ! Je te cherche depuis si longtemps !

Mais il a beau tourner la tête, la lever vers le faîte des arbres, scruter le sol, il n'aperçoit pas l'Enchanteur.

— Merlin, où es-tu ! Ne joue pas à cache cache ! Ne te transforme pas en fourmi ou en oiseau ! Je veux te voir sous la forme d'un être humain.

— C'est impossible !

— Pourquoi donc ?

— Je suis enfermé.

Gauvain est soulagé.

— Je vais te délivrer. Mon bras, pour être devenu court, est toujours aussi fort.

— Il s'agit d'une prison invisible. Je te vois, je t'entends, mais je ne peux traverser ce mur d'air qui m'entoure.

— Tu plaisantes !

Gauvain avance dans la direction de la voix et se trouve brusquement arrêté par une frontière subtile, effectivement invisible et résistante.

— Qu'est-ce que c'est ?

— C'est une prison sans tour, sans mur, sans fer, dont je ne pourrai jamais plus m'échapper.

— Qui t'a enfermé ainsi ?

— Viviane ! Elle veut me garder près d'elle. Et je l'aime tellement que, petit à petit, pour obtenir des baisers, je lui ai appris tous mes secrets.

Exaspéré, Gauvain, avec son poing, tape sur le mur invisible.

— Tu ne me feras pas croire, que toi, l'Enchanteur qui peut tout transformer comme il le désire, ne peux pas quitter cette prison !

— Pour être enchanteur, je n'en suis pas moins amoureux. Maintenant j'ai la compagnie de Viviane de jour et de nuit et je suis plus fou que jamais car je l'aime plus que ma liberté.

— Et Viviane peut-elle sortir ?

— Comme elle le désire.

Gauvain reste un moment muet de consternation avant de déclarer :

— Tu abandonnes le roi Arthur ! Toi qui as présidé à sa naissance, qui l'as fait couronner, qui lui as confié la Table ronde !

— C'est ainsi. On ne peut rien contre le destin.

— Que lui dirai-je ?

— Dis-lui que je l'aime et que tous les jours je pense à lui et à ses chevaliers.

— Nous ne pourrons jamais t'oublier.

— Personne ne pourra m'oublier. Adieu, Gauvain. Inutile de revenir, car dorénavant je ne parlerai plus qu'à Viviane.

Devant l'air catastrophé du chevalier, il ajoute avec un rire joyeux :

— Ne t'inquiète pas, tu retrouveras ton

apparence. Mais n'oublie pas, cette fois-ci de saluer les demoiselles.

Mélancoliquement, le « soleil de la chevalerie » fait demi-tour.

Le lendemain, Gauvain croise le palefroi noir avec la selle d'ivoire et les étriers dorés mais sans la demoiselle. Il s'étonne :

« Que s'est-il passé pour que le cheval ait perdu sa cavalière ? » se demande-t-il.

Au prochain tournant, il la découvre, bâillonnée, les mains attachées derrière le dos et entourée par deux grands gaillards. Gauvain s'écrie :

— Brigands, vous méritez la mort pour attaquer une femme sur les terres du roi Arthur. C'est interdit dans tout le royaume.

À ces mots, les deux gaillards remettent leur heaume et tirent leur épée.

— Voyez ce nain qui veut nous effrayer !

Du haut de son destrier, Gauvain répond avec hauteur :

— Je vous prie de monter sur vos chevaux, car ce serait déloyal de ma part de me battre contre des hommes à pied.

— Voyez l'orgueil du nabot !

Sans répondre, Gauvain se précipite sur le premier et le jette à terre d'un coup de lance.

Déjà il sort son épée, lorsque la demoiselle s'écrie :

— Arrête-toi, Gauvain. Je ne veux pas causer la mort de ces deux hommes.

Le chevalier est déçu que justice ne soit pas faite, et remet son épée au fourreau.

— Dis-moi, que donnerais-tu pour te guérir de ton infirmité, demande la demoiselle.

— J'accepte d'avance tout ce que tu demanderas.

— N'oublie plus de saluer les dames et demoiselles que tu croises en chemin.

— Je le jure, de bon cœur.

La jeune fille fronce les sourcils d'un air grave.

— Si tu y manques une seule fois tu redeviendras tel que tu es maintenant. Nain. Maintenant reprends ta taille habituelle.

À peine a-t-elle prononcé ces mots que Gauvain sent ses membres s'allonger. Les courroies qui retenaient son haubert se cassent, ses chausses se rompent, ses étriers redescendent et il peut relacer son heaume sur sa tête.

Il met pied à terre et s'agenouille devant la jeune fille :

— Merci, demoiselle. Jamais plus je n'oublierai mon serment.

Le retour tant attendu de Gauvain crée la consternation au château de Carduel. Merlin ne reviendra pas. Plus personne n'apportera de judicieux conseils, ne transformera la dure réalité en fantaisies admirables. Depuis cette triste nouvelle, Arthur se promène souvent sur les remparts, solitaire et morose. Certes, il sait depuis longtemps que dans la folie comme dans l'amour, l'Enchanteur vit, avec démesure, les mêmes sentiments que les humains. Il n'avait cependant jamais pensé que Merlin, comme les hommes, serait obligé de choisir, de préférer un bonheur à un autre auquel il renoncerait. Pour l'amour de Viviane, il a sacrifié sa liberté. Pourtant la liberté de Merlin n'était pas une liberté de rien du tout, elle était sans limites, permettait de traverser l'espace et le temps et de se métamorphoser à sa guise. Quelle renonciation pour l'amour de la Dame du Lac ! Il est vrai qu'elle est une fée.

Maintenant, que va-t-il devenir, lui, le roi de Bretagne ? Saura-t-il, seul, maintenir la paix et le bonheur de ses sujets ? Quel destin l'attend ?

15

L'île d'Avalon

Arthur a raison de se faire du souci. La franche camaraderie des chevaliers s'affaiblit.

Perceval ne revient plus qu'à la Pentecôte. Toute l'année il cherche le château du Roi Pêcheur pour poser enfin les questions concernant le Graal, qui apporterait bonheur et abondance aux hommes. Yvain renonce à la vie de chevalier errant. Il ne quitte plus le château de la dame de Landuc dont il administre les terres. Gauvain rencontre sur son chemin tellement de demoiselles à secourir qu'il voyage dans des terres lointaines. Quant à Lancelot, s'il reste toujours aussi fidèle au roi Arthur, il se préoccupe beaucoup de la reine.

C'est la fête du printemps. Les cloches carillonnent gaiement et il y a grande joie dans la forteresse de Camaalot. Les portes sont ouvertes à tous et dans la salle les jeunes filles dansent la farandole. Les hommes assis sur les longs bancs, ou par terre sur les fleurs, jouent et discutent. Le fifre et la vielle font des mélodies plaisantes, lorsque survient un chevalier couvert de poussière, tout essoufflé d'avoir couru. Il reconnaît le roi à sa couronne et lui déclare précipitamment :

— Sire, les Romains reprennent le combat. Ils veulent envahir à nouveau la Petite Bretagne. Ils réunissent une forte armée à l'est du royaume de Bénoïc.

Les musiciens s'arrêtent de jouer, les dames de danser, et les hommes se lèvent.

— Continuez à vous divertir, dit le roi. Après vêpres, je tiendrai conseil avec les chevaliers de la Table ronde.

Le soir, à la lumière des torches, ils ne sont que huit autour du roi, à cause des absents. Le beau Ké s'enthousiasme.

— Nous allons les écraser, ces Romains, et ils retourneront à Rome pour toujours. À moins que nous n'allions là-bas, comme Brennus jadis. Arthur, quand veux-tu partir ?

— Il faut du temps pour rassembler les chevaliers et surtout les bateaux pour la traversée. Nous nous retrouverons à Douvres, dans deux semaines.

— Qui dirigera le royaume en votre absence ? demande Gauvain.

Ké s'empresse de donner son avis :

— Moi je préfère me battre que de rester ici.

— Je confierai le royaume à Mordret. Je n'ai pas eu le temps d'en faire un chevalier de la Table ronde, mais je le ferai avant notre départ.

— Pourquoi Mordret ? s'étonne Ké.

— C'est mon neveu. Je peux avoir toute confiance en lui. Il s'est montré habile en tuant le blanc cerf.

— Il n'aurait pas dû le faire, remarque Lancelot.

Arthur chasse cette pensée d'un mouvement de main.

— Je lui confierai aussi la clef du trésor royal, en cas de besoin. Quant à toi, Gauvain, mon premier neveu, tu resteras avec moi.

— Et la reine ? Que fera la reine ? s'inquiète Lancelot.

— Elle restera ici sous la protection de Mordret. Elle y sera plus en sécurité qu'en Petite Bretagne.

— Permettez-moi d'en douter, répond Lancelot d'un ton sec. Je resterai ici pour lui porter secours, si cela s'avère nécessaire.

— Lancelot, dit Arthur, il n'y a aucun souci à se faire en ce qui concerne Guenièvre. Je préfère te savoir à mes côtés contre les Romains et compter sur ta vaillance.

Lancelot songe au « baiser du cerf » que Mordret a donné à la reine.

— Sire, vous êtes mon seigneur et mon ami. Je vous ai toujours aimé et servi loyalement. Mais je n'ai aucune confiance en Mordret et préfère demeurer ici pour protéger la reine.

Gauvain s'indigne :

— Tu n'es qu'un lâche, un traître, un déloyal ! Comment oses-tu désobéir au roi et l'abandonner en pleine guerre. Sois maudit !

Lancelot, le visage empourpré par la colère, se lève.

— Sire, après une telle insulte, je demande un combat de justice entre nous deux.

Arthur, excédé par cette brusque querelle, réplique :

— Ce n'est pas le moment de vous blesser tous deux, avant la bataille qui s'annonce. Lancelot, je te demande de venir avec moi en Petite Bretagne.

— Je sais ce que j'ai à faire, dit Lancelot, je m'en vais. Sire, je vous salue.

Et tandis qu'il franchit la porte à la consternation générale, Arthur murmure :

— Je voudrais tant que Merlin soit avec nous !

Le soir, dans la chambre, Guenièvre en larmes supplie son époux :

— Arthur, emmène-moi avec toi. Ne me laisse pas avec Mordret. Tu sais que je déteste cet homme depuis le premier moment où je l'ai vu.

— Je t'assure, ma si chère épouse, que tu seras moins en danger ici qu'au milieu des armées. Les Romains sont sans pitié avec les prisonnières. Tu te trompes sur Mordret, il est de ma famille et ne peut qu'être fidèle. Tu es ce que j'ai le plus aimé au monde, et je t'aime toujours aussi fort. Je ne désire que ton bonheur. Tu devrais me faire confiance.

— Mon cœur me dit…

— Ton cœur est parfois trop bavard. Il peut se tromper.

Et il prend dans ses bras Guenièvre qui pleure doucement sur son épaule.

À Douvres, les chevaliers du royaume et leur suite rejoignent le roi. Ils sont plus de douze mille hommes et trois mille chevaux qui attendent de traverser la mer. L'embarquement prend du temps.

Dans les grandes nefs, à coque ronde, à l'unique voile carrée, au gouvernail à bâbord, s'entassent les hommes, les bêtes et les provisions. Puis la forêt de bateaux cingle vers le large.

La traversée est difficile. Les courants entraînent les navires vers l'embouchure de la Dive. Là il pleut, il vente, et les larges bancs de sable ne protègent pas des bourrasques. Les chevaux hennissent, les tentes s'envolent, et les provisions de nourriture se couvrent de sable.

Le lendemain, le campement s'installe au pied d'une colline, bien protégé du vent d'ouest. Un soir, un héraut de l'armée romaine demande à parler au roi Arthur. Celui-ci le reçoit dans son pavillon.

— Je te salue, étranger. Quelle nouvelle m'apportes-tu ?

— Les Romains vous attendent pour la bataille, dans la plaine de Gannes, dans trois jours.

Au matin du troisième jour, dans la plaine, l'armée est disposée, selon la coutume, sur plusieurs rangées. Les piquiers et les arbalétriers, accroupis, attendent l'ennemi. Les chevaliers, la lance baissée, partiront à la vitesse de leurs chevaux, frapperont l'adversaire puis reviendront en arrière se préparer pour la prochaine attaque.

Au son des cors et des trompettes, on lève les oriflammes, et la première rangée des chevaliers s'élance. Les lances une fois rompues, le combat se poursuit à l'épée. Des coups frappés par le fer sur les heaumes jaillissent vers le ciel de vives étincelles. Jusqu'au soir, on s'entredonne des assauts furieux et les épées vont et viennent sans relâche. Au crépuscule, les armées se retirent après une bataille indécise. On soigne les blessés, on prépare le souper, on nourrit les chevaux et les hommes. Le combat reprendra la semaine suivante.

Par deux fois, les armées se rencontrent. Arthur est pressé d'en finir et de retourner dans la grande île. Gauvain, devant la gravité des combats, ne décolère pas contre Lancelot, qui a refusé de les accompagner.

Enfin, le quatrième jour, les Romains reculent. C'est la liesse dans le camp breton. Déjà on envisage de poursuivre l'ennemi, lorsqu'un messager apporte à Arthur une lettre de Guenièvre.

« Mon cher Arthur, Mordret t'a trahi. Il s'allie aux Saxons. Après ton départ il a écrit des lettres aux barons et seigneurs pour annoncer ta mort, et sa propre nomination au trône de Grande Bretagne. De surcroît il prétend que ta volonté est que je l'épouse, lui. J'aimerais mieux être brûlée vive que d'avoir ce traître pour mari. J'ai fait, avec l'aide de

Lancelot, garnir la tour de Logres de chevaliers, sergents, arbalétriers, de toutes sortes de vivres et d'armes pour résister à son siège. Donne à ce valet de tes nouvelles, car je m'inquiète beaucoup pour toi. Reviens vite. Guenièvre. »

— Dès demain nous partons pour Logres, décide Arthur.

Sur le chemin qui conduit à la mer, des Romains viennent harceler la longue file de chevaliers, de chevaux, de chariots. Exaspéré, Gauvain se jette au milieu d'une dizaine de Romains. Il se démène comme un diable lorsqu'un coup d'épée transperce sa poitrine. Un moment il oscille sur son destrier et tombe. Satisfaits, les Romains décampent.

Gauvain est installé dans un chariot, puis porté sur une civière dans un bateau. Heureusement le vent est favorable, et en peu de temps ils atteignent les falaises de Douvres.

Les habitants du port s'empressent d'aider au débarquement, lorsque l'un d'entre eux dévisage Arthur longuement.

— Vous ressemblez au roi Arthur comme deux gouttes de lait.

— Je suis le roi Arthur.

— On nous avait dit que vous étiez mort !

Et se tournant vers la foule, il s'écrie :

— Le roi Arthur est vivant ! Il est ici ! Mordret nous a menti !

Des cris s'élèvent :

— Vive le roi Arthur !

On se bouscule pour le voir, lorsqu'un évêque fend la foule pour saluer le roi et le tenir au courant de la situation :

— Avec le trésor du royaume, Mordret a acheté tous vos ennemis, Sire : les Saxons, les Irlandais, les Écossais, même des soldats de Norvège et du Danemark.

Tandis qu'Arthur se renseigne sur l'armée ennemie, les dames et demoiselles s'affairent autour de Gauvain. Elles se disputent pour laver ses plaies et choisir le baume qui le guérira. D'autres le réconfortent :

— On va vous transporter dans le château.

— Vous avez une terrible fièvre ! On vous mettra près de la cheminée pour que vous n'ayez pas froid.

— Vos lèvres sont sèches. On vous apportera du vin.

Pour la première fois de sa vie, Gauvain n'écoute plus les demoiselles. Quand son esprit devient clair, il confie son âme à Dieu. À d'autres moments il délire :

— Lancelot ! Es-tu là ? J'étais en colère... Pardonne-moi... Lancelot mon ami...

L'évêque, appelé d'urgence, vient réciter les prières de l'extrême-onction. La respiration du blessé devient irrégulière. Son souffle se fait léger, si léger qu'il s'envole en emportant au Ciel l'âme du chevalier.

Arthur choisit pour attendre Mordret la vaste plaine de Salisbury. Pendant qu'on monte les tentes et les pavillons, qu'on prépare les destriers, qu'on astique les armes, il s'éloigne pour réfléchir à la bataille. Sa promenade le conduit près d'une rivière qui s'enfonce sous un rocher. Sur la paroi de pierre est gravé en grandes lettres rouges : « En cette plaine aura lieu la mortelle bataille de Salisbury qui laissera le royaume de Bretagne orphelin. »

Une immense tristesse remplit le cœur d'Arthur. Non seulement il va mourir, mais ce royaume que Merlin avait voulu, avec des chevaliers magnifiques, des demoiselles parcourant sans danger les forêts et les landes, des enchantements qui transformaient la monotone réalité, ce royaume allait disparaître. Le roi se rappelle les signes annonciateurs du déclin : l'abandon d'Yvain, l'échec de Perceval, la fuite du cerf blanc, l'enfermement de Merlin, la désobéissance de Lancelot, la mort de Gauvain.

Alors surmontant sa fatigue, il retourne d'un pas rapide vers le campement. Avant le souper, il rassemble tous les chevaliers et leur dit :

— Mes amis, le combat est inégal et la victoire incertaine. Toutefois, restons ensemble et battons-nous pour l'honneur du royaume.

Le lendemain, l'affrontement commence à l'aube. L'armée de Mordret est deux fois plus nombreuse que celle d'Arthur et les nouveaux chevaliers n'ont pas la force des anciens.

À la tombée du jour, il y a beaucoup de blessés. Cependant chacun jure de combattre jusqu'à la mort.

Le lendemain, Ké le sénéchal est le premier à lever l'étendard. Le courageux fils d'Antor, au son des cors et des tambours, conduit les hommes au combat. L'affrontement avec l'armée ennemie est violent. Arthur se bat furieusement avec Mordret. Il enfonce Excalibur dans le cou de son adversaire et Mordret expire à ses pieds. Le roi aussi est grièvement blessé. Ses compagnons le voient chanceler et se précipitent pour lui porter secours. Ils le transportent à l'ombre d'un arbre, et retournent au combat.

Le soir, lorsque les armées se séparent, la plupart des chevaliers ont été tués. Le plus jeune d'entre eux, récemment adoubé, Guinas, l'ancien héraut de Lancelot, rejoint Arthur assis contre le tronc de l'arbre.

— Que puis-je faire pour vous, Sire ?

— Je n'en peux plus. Transporte-moi au bord de la mer. C'est là que je veux mourir.

Guinas attache le roi sur un cheval, et dans cette nuit sans lune, le conduit à travers landes et forêts, sous le hululement des hiboux. Enfin, au milieu de la journée, porté par le vent, parvient le régulier mugissement de la mer. Près du rivage, Guinas allonge Arthur sur le sable.

— Il me reste peu de temps, dit le roi. Apporte-moi mon épée.

Guinas s'empresse de lui donner l'arme qu'il sort du fourreau.

— Excalibur, ma bonne et ma fidèle épée, toi qui m'as si souvent sauvé la vie, il faut nous séparer. Tu devais m'empêcher d'être grièvement blessé, mais les enchantements disparaissent de Bretagne. Seuls Gauvain et Lancelot seraient dignes de te posséder.

Puis se tournant vers Guinas.

— Derrière cette colline, à l'ouest, s'étend un lac. Jettes-y mon épée.

Au bord du lac, scintillant et tranquille, le chevalier nouvellement adoubé se dit :

« C'est absurde de noyer une si belle épée. Je jetterai la mienne. »

À son retour près du blessé, celui-ci lui demande :

— Qu'as-tu vu d'extraordinaire ?

Guinas ouvre de grands yeux surpris.

— Rien. Juste quelques ronds dans l'eau.

— Alors obéis-moi, répond le roi. Jette mon épée dans le lac.

Guinas ne se résout pas à perdre une arme aussi remarquable et jette le fourreau.

— Qu'as-tu vu d'extraordinaire ? demande à nouveau Arthur.

— Rien. Absolument rien.

Arthur rassemble ce qui lui reste de forces.

— Je t'ordonne de m'obéir enfin. Jette mon épée dans ce lac.

Le jeune homme a le cœur gros de se séparer de la belle lame tranchante. Il hésite une fois encore, puis brusquement la lance le plus loin possible. Alors un bras surgit de l'eau, saisit Excalibur au vol et l'entraîne au fond du lac. L'onde frissonne, puis le calme revient sur l'eau scintillante et tranquille.

Lorsque le roi entend ce récit, il sourit faiblement.

— Bel ami, dit-il, il faut me laisser. Nous ne nous reverrons jamais.

Guinas ravale ses larmes, monte sur son cheval et disparaît dans la forêt.

De la brume qui couvre la mer, émerge une belle nef à la voile multicolore. Des dames, richement vêtues, font signe de la main. Lorsque le bateau s'approche du rivage, la fée Morgane l'appelle :

— Arthur, mon frère, viens dans l'Autre Monde.

Le roi se lève péniblement et marche lentement jusqu'au navire.

— Morgane, où m'emmènes-tu ?

— Je t'emmène dans l'île d'Avalon où on ne meurt jamais.

Épilogue

Guenièvre est morte dans l'abbaye où elle s'était réfugiée.

Lancelot a retrouvé l'ermite devenu si vieux que l'archevêque l'a recueilli dans son presbytère. Lancelot est demeuré avec eux jusqu'au jour où il a rejoint la haute pierre où est inscrit en belles lettres blanches : ICI REPOSE LANCELOT DU LAC QUI FUT LE MEILLEUR CHEVALIER QU'ON AIT JAMAIS CONNU AU ROYAUME DE BRETAGNE.

Merlin vit encore derrière le mur invisible de la forêt de Brocéliande. Peut-être qu'un jour, il obtiendra de Viviane la liberté de rejoindre les hommes. Alors il ira chercher Arthur dans l'île d'Avalon et le chargera de retrouver le Graal.

Index

Arthur : Roi de Bretagne, fils du roi Uter Pendragon et de la duchesse Ygerne. Oncle de Gauvain et de Mordret. Demi-frère de la fée Morgane et d'Anna.

Avalon : Lieu mythique. L'île d'Avalon est la demeure de la fée Morgane et de ses sœurs. On n'y meurt jamais. L'île se trouve dans l'Autre Monde. Arthur y est emporté après la défaite de Salisbury.

Certains ont considéré qu'une île, à l'époque, n'était pas nécessairement entourée d'eau, mais un endroit difficile d'accès. À ce titre, des moines de Glastonbury ont fait de leur abbaye le site légendaire d'Avalon.

Brennus : Chef gaulois qui s'empara de Rome en 390 avant J.-C. Il accepta de se retirer contre un tribut important.

Bretagne : Le royaume de Bretagne comprend la Petite Bretagne qui correspond à la Bretagne française, appelée aussi l'Armorique, la Grande Bretagne qui correspond à l'Angleterre, et l'Irlande.

Brocéliande : Forêt de Petite Bretagne. Qui se trouve actuellement en Bretagne, près de Paimpont.

Gauvain : Fils aîné du roi Lot d'Orcanie. Demi-frère de Mordret. Surnommé « le soleil de la chevalerie ».

Gornemant de Goort : Chevalier, ami de Perceval à qui il apprendra les coutumes de la chevalerie.

Graal : Plat mystérieux dans un cortège énigmatique dans la demeure du Roi Pêcheur.

Coupe d'abondance chez les Celtes, il devint, avec les chrétiens, la coupe de la Cène et le calice qui recueillit le sang de Jésus après sa crucifixion.

Guenièvre : Fille du roi Léodegan en Petite Bretagne. Épouse d'Arthur. N'eut pas d'enfant. Grand amour de Lancelot.

Ké : Fils d'Antor, frère de lait d'Arthur. Il devint son sénéchal et chevalier de la Table ronde.

Lancelot : Fils du roi Ban de Bénoïc, en Petite Bretagne. Volé par la Dame du Lac qui l'élève, il s'appellera Lancelot du Lac. Meilleur chevalier du royaume, il aima passionnément la reine Guenièvre.

Léodegan : Roi en Petite Bretagne. Père de Guenièvre, la femme du roi Arthur.

Logres : Actuellement Londres.

Lot : Roi d'Orcanie, père de Gauvain, beau-frère d'Arthur.

Merlin : Enchanteur né de l'union d'un diable et d'une jeune fille. Il organise la naissance et l'avènement d'Arthur et instaure la Table ronde.

Mordret : Neveu d'Arthur. Fils du roi Lot d'Orcanie et d'Anna, demi-sœur du roi Arthur.

Morgane : Demi-sœur du roi Arthur. Fée. Fille d'Ygerne et du duc de Tintagel.

Perceval : Fils de Pellinor de Listenois. Élevé par sa mère après la mort de son père et de ses frères. Il devient chevalier de la Table ronde, et cherche désespérément le Graal.

Le Roi Pêcheur (ou roi Mehaigné) **:** De la famille de Perceval. Il ne peut être guéri que si on l'interroge sur le Graal.

Salisbury : Lieu de la dernière bataille dans laquelle Arthur affronte son neveu Mordret. Celui-ci l'a trahi en s'alliant avec les Saxons.

Table ronde : Instituée par Merlin l'Enchanteur. Dans les textes de la légende, selon les auteurs, on trouve 12, 20, 48, et même 150 chevaliers autour de cette table.

Uter Pendragon : Père d'Arthur, qui, sous les traits du duc de Tintagel, passe une nuit avec la duchesse Ygerne. Il l'épousera par la suite, mais ils n'eurent pas d'autres enfants ensemble.

Viviane : Fée qui demeure dans la forêt de Brocéliande ; elle est aussi appelée la Dame du Lac après que Merlin lui a donné un palais sous un lac. Elle enlève le bébé Lancelot et l'élève pour en faire le meilleur chevalier du monde. Elle enferme Merlin derrière un mur invisible.

Yvain : Fils du roi Urien. Chevalier de la Table ronde.

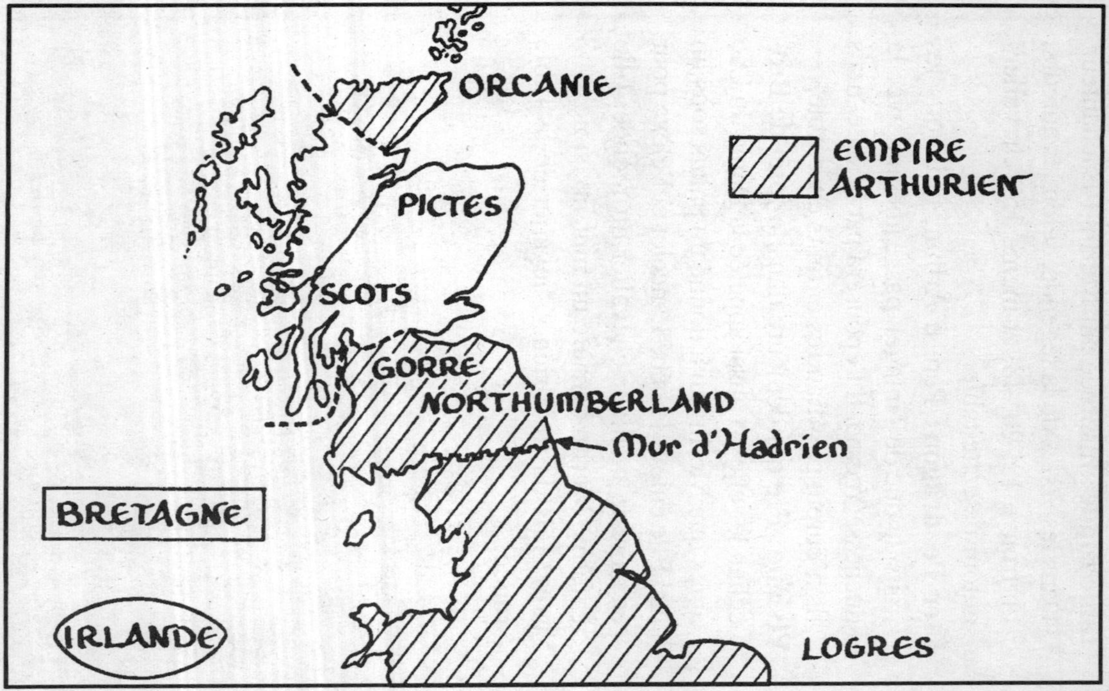
ORCANIE
EMPIRE ARTHURIEN
PICTES
SCOTS
GORRE
NORTHUMBERLAND
Mur d'Hadrien
BRETAGNE
IRLANDE
LOGRES

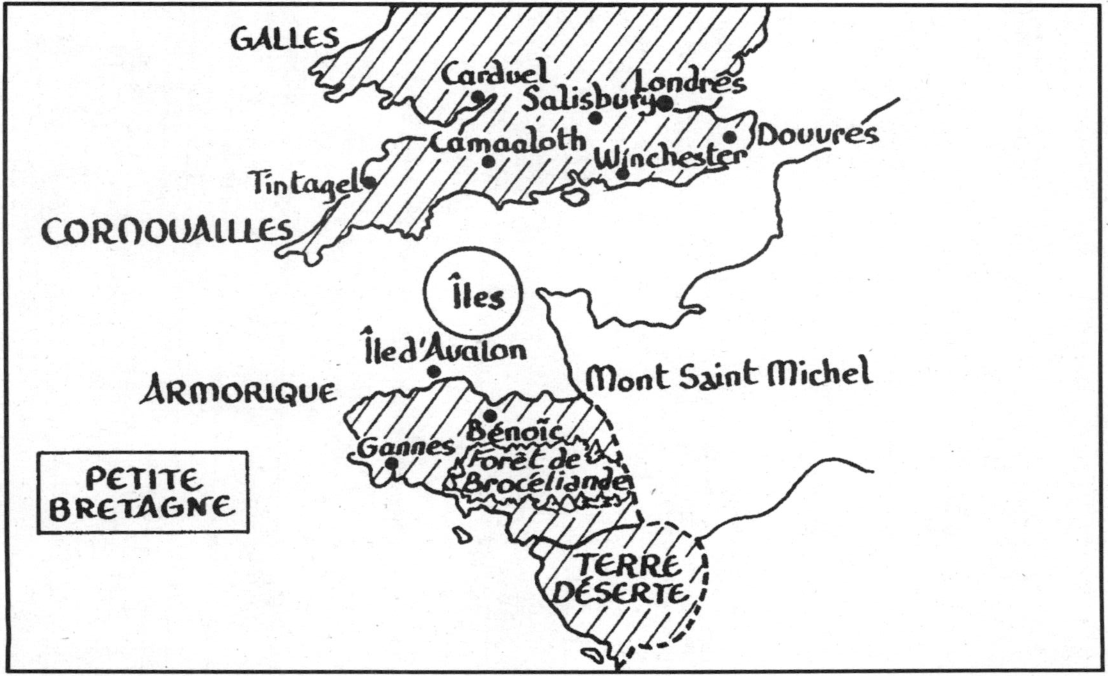
GALLES
Carduel
Londres
Salisbury
Camaaloth
Douvres
Winchester
Tintagel
CORNOUAILLES
Îles
Île d'Avalon
Mont Saint Michel
ARMORIQUE
Bénoïc
Gannes
Forêt de Brocéliande
PETITE BRETAGNE
TERRE DÉSERTE

Table des matières

1. Rencontre dans la forêt de Brocéliande 5
2. Excalibur, l'épée de souveraineté 25
3. La Blanche Apparition 44
4. La Table ronde 61
5. Le Pont de l'Épée 78
6. La fontaine aux maléfices 94
7. Une demoiselle très rusée 110
8. Un tournoyeur obéissant 126
9. Un jeune homme obstiné 141
10. L'ermite et le lion 160
11. Le retour de Méléagant 177
12. Le Roi Pêcheur 196
13. Les sœurs de Noire-Épine 214

14. Le mur invisible 232
15. L'île d'Avalon 247
Épilogue 261
Index 262
Carte 266

Découvre vite un extrait de :

Le druide étourdi

de Odile Weulersse

CHAPITRE PREMIER

UNE DISPARITION

— Mina, où te caches-tu ? Tu n'es pas drôle ! La police est là ! Montre-toi, idiote ! s'exclame Alphonse – un adolescent de quatorze ans aux cheveux teints en mèches multicolores.

Mais il a beau regarder dans toutes les pièces de l'exposition sur les Celtes, Mina reste introuvable.

Le garçon revient en courant vers la première salle. Dans la file des visiteurs qui passent sous le détecteur de métaux, il n'aperçoit toujours pas Mina, pourtant repérable dans son ensemble jaune fluo.

— Ma sœur a disparu ! crie-t-il.

— Avec le torque ? demande un policier, plein d'espoir.

— Quel torque ?

— Le torque gaulois, en or, du Ier siècle avant Jésus-Christ. On l'a volé.

— Je me fiche du torque. Je cherche Mina.

Alphonse passe le dernier sous le détecteur de métaux, et le policier conclut :

— Personne d'autre, ici, n'ayant volé le collier celte, ta sœur est la seule suspecte.

Son collègue, à la figure ronde et malicieuse, sourit devant l'air affolé d'Alphonse et le rassure d'un ton goguenard.

— Ne t'inquiète pas, mon garçon. On a l'habitude avec les voleuses. Elles savent s'évanouir dans le paysage, mais on les retrouve toujours. En attendant, suis-nous. Tu feras une déclaration au commissariat et tu préviendras tes parents. L'affaire est sérieuse. On ne dérobe pas tous les jours un bijou pareil.

Mina, allongée sur un chemin de terre, sous ses grandes lunettes fluorescentes en forme d'étoiles, ouvre lentement les yeux. Dans le ciel, des nuages blancs se bousculent et les martinets volent en dessinant des arabesques.

— Sois la bienvenue ! annonce une voix douce comme le miel.

Mina s'assied brusquement et découvre un jeune homme au visage bienveillant, aux cheveux blonds bouclés, aux yeux verts. Vêtu d'un long manteau blanc, il tient à la main une baguette de coudrier et la dévisage avec ravissement.

— Où suis-je ? demande Mina, *en gaulois*, comme si elle connaissait cette langue depuis toujours.

Le jeune homme s'étonne.

— Tu ne sais pas où tu te trouves alors que tu es une déesse !

Un instant surprise, Mina cède volontiers au plaisir de jouer les divinités.

— Comment as-tu deviné que je viens du ciel ?

— Tu portes un torque, tu brilles comme le soleil et tes yeux sont des étoiles ! Comment t'appelles-tu ?

— Mina Rosito. Pourquoi m'as-tu fait venir ici ?

Le jeune homme rougit légèrement.

— Quoique je sois un druide très doué, je ne comprends pas pourquoi tu es là. J'ai fait une incantation au dieu de la lumière pour qu'il m'illumine de sa sagesse… J'ai dû confondre l'image du soleil avec tes habits brillants.

— Ce n'est pas très grave. Tout le monde peut se tromper, affirme Mina, compréhensive. Même un druide très doué. Maintenant, renvoie-moi dans mon pays. Agite ta baguette et fais une autre incan… comment disais-tu ?

— Une incantation druidique.

— C'est cela, une incantation druidique. Eh bien, recommence !

Ambiorix prend un air consterné.

— Qu'est-ce que tu attends ? s'impatiente Mina.

— Je ne peux pas. Enfin, plus maintenant. Bientôt. Entre-temps, ce sera un honneur pour ma famille de te recevoir. Notre tribu, la tribu du Ruisseau noir, est très considérée à Bibracte.

Mina fait semblant de bien connaître la géographie.

— Ah ! Bibracte ! Bibracte se trouve… J'ai le nom sur le bout de la langue…

— Chez les Éduens. C'est leur capitale. La plus belle de toute la Gaule.

— Je sais, je sais. J'en ai beaucoup entendu parler.

Un éclat de rire les fait sursauter. Tous deux voient s'approcher une adolescente d'une grande beauté : de longues boucles rousses maintenues par des pinces d'argent, des yeux gris translucides, une bouche vermillon, une peau couleur de neige.

— Quel naïf tu fais, Ambiorix ! déclare-t-elle. Cette fille-là n'a rien d'une déesse ! Sinon, elle s'envolerait toute seule, elle n'aurait pas besoin de ton aide. Les dieux sont des êtres infinis qui ne rétrécissent pas dans un corps humain.

Et elle jette sur Mina un regard furieux. Celle-ci ne se laisse pas impressionner.

— Qui es-tu pour te montrer si insolente ? demande-t-elle avec hauteur.

— Je suis Bellona, de la tribu des Fourmis chantantes.

— Sache, Bellona, répond sentencieusement la « déesse », que les dieux éprouvent parfois le désir de partager la vie des hommes, pour les instruire et leur donner l'exemple d'une vie honnête.

— Menteuse. Tu n'es qu'une fille ordinaire avec de beaux habits. Je ne laisserai pas Ambiorix te regarder avec des yeux ronds comme la pleine lune.

Et elle se précipite sur Mina pour lui arracher son torque et ses lunettes.

— Ambiorix, aide-moi ! crie Mina.

— Bellona ! Lâche cette déesse, dit-il en saisissant l'épaule de la jeune Gauloise.

Bellona recule et s'enfuit en s'exclamant :

— Imbécile ! Idiot ! Abruti ! J'empêcherai cette petite rusée de t'embobiner avec ses mensonges !

Lorsque la jeune fille a disparu, Mina demande :

— Qui est cette furie ?

— Une étonnante magicienne des plantes. On vient la consulter de toute la Gaule, et parfois de Rome ou d'Orient. Elle souhaite m'épouser.

Mina avoue :

— Elle a raison. Je ne suis pas une déesse.

— Tu n'es pas…

Ambiorix n'a pas le temps de terminer sa phrase, car une charrette à quatre roues, remplie de tonneaux et tirée par deux bœufs, s'approche en bringuebalant sur le chemin pierreux. Le cocher, d'une large carrure, arrête brutalement ses bêtes et s'écrie :

— Par Toutatis, une déesse !

— La déesse Rosito, précise Ambiorix.

— Rosito… s'exclame le charretier. Je ne connais pas ce nom. Mais les déesses en ont tellement ! Celle-ci porte des braies comme les hommes ?

— C'est une tenue exceptionnelle, précise Mina, condescendante. Pour observer discrètement le travail des paysans.

Le cocher se tape les cuisses de joie.

— Une divinité de la terre et des récoltes ! Je le raconterai aux Grecs quand j'arriverai à Massalia. Cela les intéressera encore plus que mes tonneaux. (Et d'une voix de stentor il annonce :) Une divinité des récoltes est venue rendre visite aux Gaulois de Bibracte. La déesse Rosito ! Quelle fabuleuse nouvelle !

Dans son enthousiasme, avec le long aiguillon de sureau, il frappe fort sur la croupe de ses bœufs, qui mugissent de mécontentement.

— Ne raconte rien ! Ne raconte rien ! lui crie le druide. La déesse ne va pas rester.

Embarrassé, il précise à Mina :

— Le tonnelier est un Arverne. C'est un peuple très bavard qui aime beaucoup se battre.

Quand l'homme et son chargement se sont éloignés, Mina examine l'environnement. Dans des champs étroits, carrés ou rectangulaires, des paysans retournent la terre avec une charrue de bois à lame de fer. Çà et là, des chèvres paissent dans les pâtures. Sur le chemin galopent trois chevaux et, au sommet d'une haute colline, de longs remparts entourent des toits de chaume.

— C'est bien aménagé, ici, constate Mina. Bizarrement, les hommes sont grands et les bêtes petites. Mais, revenons aux choses sérieuses : quand me renvoies-tu dans mon pays ?

— Ne te fais pas de souci. Par le torque tu es venue, par le torque tu partiras.

— Mais quand ?

— Bientôt. Je suis fort, je suis doux, je suis brillant, je suis sage.

Bellona suit de loin Mina et le druide qui montent le chemin escarpé vers Bibracte. La fausse déesse connaît un véritable triomphe. Les paysans s'approchent, avec leurs pelles, leurs pioches, leurs paniers de raisins et de pommes pour la dévisager. Ils sont fort surpris de la découvrir si ressemblante aux habitants de la terre.

Mina, essoufflée, jette de brefs sourires à ses admirateurs. Le chemin redescend dans un fossé puis remonte brutalement vers les remparts de pierre, hauts de quatre mètres. À l'entrée de la ville, sur une porte en bois à un étage, des crânes sont fixés par de longs clous. La fillette tressaille, mais s'efforce de rester impassible.

Le portail franchi, sa surprenante présence, ajoutée au trafic quotidien, provoque un embouteillage de chariots et de chevaux. Dans la rue centrale, pourtant très large, cavaliers et cochers s'insultent avec véhémence.

— Avance donc, tête de chien ! crie l'un.

— Toi, le Breton, retourne dans ton pays pour apprendre à conduire ! s'exclame un autre.

Les fondeurs, les chaudronniers, les bronziers du quartier des forgerons sortent de leurs ateliers pour admirer la divine apparition. Intimidés, ils font de craintifs saluts.

— On arrive bientôt ? demande Mina, fatiguée de se conduire avec tant de gravité céleste.

— Oui. La sixième rue sur la droite.

Le quartier résidentiel est plus calme ; les arbres y sont plus nombreux, les habitations plus espacées. Sur les longues maisons rectangulaires, les toits de chaume descendent presque jusqu'au sol pour protéger les murs faits de branchages couverts d'argile.

— Voici mon logis, annonce le druide.

Un crâne peint en rouge accueille les visiteurs. Pour ouvrir la porte, Ambiorix prend une grosse clef de bronze cachée sous une pierre.

— Entre, je te prie.

L'intérieur est très sombre, car il n'y a aucune fenêtre ; les deux seules ouvertures se trouvent au sommet du toit, à chaque extrémité de l'unique pièce. L'odeur de fumée, de cuisine et d'animaux fait grimacer la fillette. Dans la rue se masse la foule des curieux.

— Ces gens sont exaspérants à me suivre sans cesse ! se plaint Mina.

Ambiorix sort sur le seuil et lance :

— Par Toutatis, rentrez chez vous ! La déesse veut rester seule !

Il retrouve Mina, assise sur un tabouret, l'air accablé.

— Crois-tu qu'ils reviendront ? demande-t-elle.

— Sans doute. Mais je vais te trouver une cachette.

— Tout de suite. J'ai tellement sommeil.

Ambiorix regarde les paupières qui s'ouvrent et se ferment.

— Allons dans la forêt, dit-il doucement en lui tendant la main.

À l'extérieur, il n'y a plus personne. Un seul être se cache encore derrière le mur de l'écurie : Bellona, qui discrètement les suit jusqu'aux Belles Portes, et emprunte à son tour un chemin de la forêt.

Après une demi-heure de marche, les bois deviennent denses et obscures. Au beau milieu d'arbustes et de broussailles se dresse un hêtre « plissé » dont le tronc a poussé horizontalement avant de s'élever dans le ciel en épaisses branches évasées.

— Installe-toi là ! dit le druide en montrant une cabane bâtie dans l'arbre. Ici, personne ne te trouvera. C'est un lieu où se plaît la poésie. Tu aimes les poèmes ?

J'ai joué dans la nuit, j'ai dormi dans l'aurore,
Quand les dieux tournent les sorts
Et que tendre et soumis alors...

— J'ai besoin de changer de vêtements, l'interrompt Mina. Apporte-m'en d'autres, et de quoi manger...

— De la bouillie d'orge ?

— Oh non ! De la galette, du fromage, des fruits. J'ai vu des pommiers et des poiriers dans les jardins.

— Surtout ne bouge pas d'ici. Je reviendrai vite.

Mina grimpe dans le hêtre et se faufile à l'intérieur de la cabane. Elle enlève ses lunettes, sa veste jaune, et s'enroule dans une couverture, puis ferme les yeux. Mais les bruits de la forêt la remplissent de crainte. Une chouette hulule non loin et des bruissements, craquements, frôlements, grognements lui font imaginer toutes sortes de bêtes cruelles avides de chair fraîche. Elle s'endort pourtant.

Soudain, des pas dans les feuilles mortes la réveillent. « Ambiorix est enfin revenu ! » songe-t-elle. Soulagée, elle se penche à la porte. La nuit est noire sous un ciel nuageux, et elle distingue avec peine une forme qui va et vient autour de l'arbre. Un peu plus loin, une lampe à huile forme un petit cercle de lumière. Bientôt, un bras entre dans ce cercle, une main prend la lampe, la soulève et éclaire le beau visage de Bellona. La jeune fille s'approche du hêtre, au pied duquel sont amassés du petit bois et des feuilles mortes, puis elle y met le feu.

Avec les premières flammes s'élève un nuage de fumée : Mina suffoque et tousse.

— Tu es là-haut ! C'est ce que je voulais savoir, annonce Bellona d'une voix triomphale.

Je me doutais bien qu'Ambiorix t'amènerait dans son lieu d'inspiration. Tu y resteras jusqu'à la fin de tes jours, fumée comme un poisson.

Sans même prendre le temps de réfléchir, Mina descend à toute vitesse et, en culotte et chemise, jette la couverture sur le feu pour l'étouffer.

— Criminelle, tu es une criminelle !

— Tu ne m'empêcheras pas, avec tes airs de déesse, d'épouser Ambiorix. Ne reste pas un jour de plus ici.

— Vous êtes folles, toutes les deux ! s'écrie Ambiorix, qui sort de l'ombre les bras chargés de vêtements et de nourriture. Vous avez perdu l'esprit. (Se tournant vers sa fiancée :) Bellona, sois raisonnable, comme doit l'être la femme d'un druide. Je ne me marierai pas avec une incendiaire.

— Le feu n'est pas le seul moyen de se débarrasser de quelqu'un, rétorque Bellona.

— Si tu fais le moindre mal à Mina, je te frappe d'un interdit druidique.

Bellona lui jette un regard noir de colère et, souple et rapide, disparaît dans la nuit.

La jeune Parisienne enfile une tunique, un manteau attaché à l'épaule par une fibule, et des sandales.

— J'ai eu si peur, toute seule dans la forêt... Où puis-je cacher mes vêtements fluo, pour que ton odieuse copine ne me les vole pas ?

— Donne-les-moi.

Ambiorix enfonce les habits au creux d'un arbre et les recouvre de feuilles mortes.

— Je reste avec toi. Dans une dizaine de nuits, je te présenterai à ma famille comme une voyageuse de passage, et tu vivras avec nous jusqu'à ton départ pour ton pays.

[...]

Composition : Francisco *Compo* - 61290 Longny-au-Perche

Imprimé en France par
CPI Brodard & Taupin
en janvier 2023
N° d'impression : 3051071
S14670/19

#lisez! engagé
www.lisez.com

PKJ • www.pocketjeunesse.fr
• POCKET JEUNESSE

92, avenue de France - 75013 PARIS